总策划
林 闻

策 划
肖 进 谢先清

欧平 姚燕飞 宁达波 著

羊城晚报出版社
·广州·

图书在版编目（CIP）数据

刘国松和他的战友们 / 欧平，姚燕飞，宁达波著
. — 广州：羊城晚报出版社，2019.9
ISBN 978-7-5543-0734-2

Ⅰ. ①刘… Ⅱ. ①欧… ②姚… ③宁… Ⅲ. ①报告文学-中国-当代　Ⅳ. ①I25

中国版本图书馆CIP数据核字（2019）第171654号

刘国松和他的战友们
Liu Guosong he Ta de Zhanyoumen

责任编辑	王晓娜
责任技编	张广生
装帧设计	友间文化
责任校对	梁醒吾　俎林岑
出版发行	羊城晚报出版社
	（广州市天河区黄埔大道中309号羊城创意产业园3-13B　邮编：510665）
	发行部电话：（020）87133824
出 版 人	吴　江
经　　销	广东新华发行集团股份有限公司
印　　刷	清远福祥印刷厂有限公司
规　　格	787毫米×1092毫米　1/16　印张15　字数260千
印　　数	15000册
版　　次	2019年9月第1版　2019年9月第1次印刷
书　　号	ISBN 978-7-5543-0734-2
定　　价	68.00元

版权所有　**违者必究**（如发现因印装质量问题而影响阅读，请与印刷厂联系调换）

序

◎毕洪波

习近平总书记说:"一个有希望的民族不能没有英雄,一个有前途的国家不能没有先锋。"

翻阅了作家欧平、姚燕飞、宁达波三位同志撰写的长篇报告文学《刘国松和他的战友们》书稿,深感这是一部打上了鲜明时代烙印的主旋律作品,它讴歌了刘国松、崔伟洪、雷汝周、黄国华、刘国洪、欧灿强等一大群清远公安战线英雄形象。其中,刘国松面对手持凶器的歹徒,担心使用枪械会伤及无辜群众,手持防暴钢叉与之搏斗,在身负重伤的情况下把歹徒抓捕归案……掩卷沉思,感觉摆在面前的不仅仅是文字,而是一座沉甸甸的城市警察浮雕,是一幅承载岁月厚重的公安画卷……

清远建市以来，清远公安在市委、市政府及上级公安机关领导下，始终牢记全心全意为人民服务的宗旨，为一方平安保驾护航，涌现出一大批先进集体和个人，其中"全国特级优秀人民警察"3人，获"全国五一劳动奖章"1人，"全国优秀人民警察"20人，"全省优秀人民警察"94人。

光阴荏苒，弹指一挥，清远公安在风风雨雨中走过了三十多年历程。见证了这座城市发展的第一代清远公安民警中，有的因为年龄已然离开岗位，有的已经转战到其他战线，更有的已经长眠于这片他们热爱的土地。但无论时光如何流逝，社会如何变迁，也无论一路是坦途或曲折，清远公安民警薪火相传，以汗水、智慧和辛劳，一如既往继续他们负重前行道路上的出色演绎：演绎平凡、演绎智慧、演绎惊心、演绎动魄、演绎流血，甚至演绎付出生命代价的英勇献身……

和平时期，公安队伍是牺牲最多、贡献最大的一支队伍。清远警队中，尽管也出现过反面典型、害群之马，但大浪淘沙、浩荡前行，对党忠诚、服务人民、执法公正、纪律严明始终是这支队伍的信念，捍卫政治安全、维护社会稳定、保障人民安宁始终是这支队伍的担当，兢兢业业、无私无畏、英勇善战始终是这支队伍的主流信念。刘国松、王祖勉、吴小洁、林奕兴、钟钧、徐镜钊等一大批英雄模范，才是体现这支队伍灵魂和风貌的真正代表。

讴歌英雄，弘扬正气，是公安队伍建设的重要内容。《刘国松和他的战友们》是三位作家深入警营，深入生活，厚实积累，潜心创作的成果。借此，对三位作家的辛勤付出表示衷心的感谢！

英雄令人敬仰，榜样就是力量。希望全市各级公安机关、广大民警，以习近平新时代中国特色社会主义思想为指导，深入贯彻落实全市公安工作会议精神，深入开展"严纪律、强担当、练本领"行动,充分发挥在平安清远建设中的主力军作用,为清远的平安稳定、群众安居乐业作出新的更大的贡献!

是为序。

(作者系清远市副市长、市公安局党委书记、局长)

刘国松
和他的战友们

目录

引子 001

01　北江之畔　/ 003
02　荣誉室　/ 006
03　出　警　/ 015
04　巧化干戈　/ 020
05　学　习　/ 025
06　清官巧断家务事　/ 028
07　床头吵架床尾和　/ 032
08　没有过不去的坎　/ 035
09　魔高一尺　道高一丈　/ 040
10　生死相搏　/ 043
11　生命历程　/ 050
12　铁　汉　/ 055
13　转　院　/ 060
14　绿色通道　/ 062
15　此心照月　/ 064
16　战友情深　/ 070

刘国松 和他的战友们

★ 目录

17	心中有话	/ 081
18	设伏赢之城	/ 085
19	救救我的孩子	/ 093
20	该出手时就出手	/ 097
21	深夜处警	/ 103
22	老将出马	/ 110
23	反复侦查	/ 118
24	出其不意	/ 123
25	赛事以外	/ 129
26	特殊关照	/ 136
27	案发现场	/ 140
28	诡异的案例	/ 145
29	蛛丝马迹	/ 152
30	上　榜	/ 158
31	催人涕下	/ 170
32	请原谅爸爸	/ 175
33	闪电出击	/ 184
34	生于斯长于斯	/ 187

35　阳光下的院子　/ 190
36　初生牛犊不怕虎　/ 195
37　使命和初心　/ 202
38　新官上任　/ 205
39　集思广益　/ 209
40　重返工作岗位　/ 214
41　荣誉属于人民　/ 225

他们也是最可爱的人（代后记）……… 226

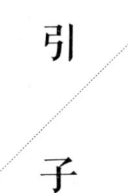

引子

2018年10月19日,一个极其寻常的日子。

上午8时未到,广东省清远市公安局清城分局百加派出所教导员刘国松一如既往早早来到了办公室。所长李建星出差在外,副所长刘国洪牙痛请假就医,所里领导只有刘国松一人在。他仔细翻阅了"出警记录",又端详了墙上悬挂的"今日工作安排",整理了一下今天的思路:早会后要派民警参加工业园区的治安会议;还要派一名年轻的民警参加青少年禁毒志愿者活动……

上午9时,早会结束,刘国松正准备带两名民警到前天傍晚发生赌博纷争的地点了解情况,电话铃声骤然响起。报警称:辖区内高新区创兴大道建设银行分理处营业部有人抢劫!

——案情重大!

刘国松一边交代值班民警龙少飞上报案情一边招呼待命的三名辅警带上器械开车直奔案发点。他没有叫醒休息室的同事陈仲宝，昨晚他率领另外两名辅警处理一桩盗窃案，凌晨五点才睡下。

案发现场位于距离百加派出所两公里的创兴大道。刘国松到达的时候，嫌疑人已经携带着作案工具逃出银行，混入了人堆。刘国松凭多年办案经验在人堆中准确判断出嫌疑人身份，上前挡住了他的去路，表明身份并警告其放下作案工具。穷凶极恶的嫌疑人见状，挥舞匕首扑向刘国松。

为了避免误伤群众，刘国松没有使用枪械，赤手空拳与犯罪嫌疑人展开搏斗，罪恶的匕首扎进了刘国松的胸膛……

01 北江之畔

母亲河北江，还有一个别致的名字——浈水。

她发源于江西省信丰县石碣大茅山，西南流经广东韶关汇武水后，浩浩荡荡自北而下汇入珠江。源头支流众多，江水曲折蜿蜒，风景迷人；中游喀斯特地貌特征显著，沿途险峰突兀，峡谷纵横，尤以盲仔峡、清远飞来峡最为著名；下游携东江、西江入海，波澜壮阔。古代北江是广东连接中原的交通要道，现代北江更是我们建设美好生活的资源宝库。清远市横跨北江两岸，是北江上一颗璀璨明珠。

站在清远市新建成的新北江大桥上，近观楼宇风帆，远眺江光山色，让人不禁想到一千多年前唐代少年才俊王勃《滕王阁序》里的绝美词句——飞阁流丹，下临无地。鹤汀凫渚，穷岛屿之萦回；桂殿兰宫，即冈峦之体势……落霞与孤鹜齐飞，秋水共长天一色。

如此美景，不由你不心生感慨、心生怜惜！

清远市公安局清城分局就坐落在美丽的北江中游。

2018年9月的一天上午,清城分局办公大楼门口,民警们身着整洁的警服鱼贯而入。他们今天来参加新警员入职宣誓和老民警光荣退休的会议。参会的除了新入职和即将退休的民警外还有各个派出所的负责人和各科室没有出外勤的全体人员。

一脸棕色的百加派出所教导员刘国松快步走到了最前面。

黄国华将身子靠近右侧的刘国洪,边走边问:"上次抓到的那个瘾君子现在情况如何?"刘国洪把夹在腋下的包移到另一侧,说:"他毒瘾太大,戒了多次仍难戒掉。加上家人对他漠不关心,已经送特殊病患医院。"黄国华小声问道:"像他这样病情反复的人神仙也帮不了他!"

刘国洪、黄国华两人说话的当口,旁边的刑侦专家雷汝周正好来了电话,他将声音压得很低:"痕迹不明……明白。我现在没空。你要赶时间……不赶……那好……我开完会给你电话。"雷汝周的话虽然很低,但被崔伟洪听得清清楚楚。这通电话是雷汝周的徒弟王杰打来的,这小子前几年就挑大梁了,现在更有"青出于蓝而胜于蓝"的势头。为不干扰雷汝周,崔伟洪急忙跑到刘国松的身边。正好,刘国松也有事要告诉他:"我们了解上次抓获的那个家伙又开始犯案了,在我辖区偷了好几辆车,估计不久会到你的管辖地段作案,你得做好防范。"

崔伟洪注视着刘国松:"消息可靠吗?"

刘国松很肯定地回答:"错不了。"

崔伟洪皱眉说:"屡教不改的家伙。放心吧,我们所的林东彦一直盯着他呢!"

刘国松说道:"这家伙到处作案,反侦查能力很强,抓捕难度较大。如果再有他的消息,我及时通知你,我们各个所把网张开不怕他不落网。"

崔伟洪满有把握地说:"好,咱们信息共享。我若发现他的蛛丝马迹也会尽快通知你。"

刘国松还想继续聊下去,崔伟洪看了看手表时钟正好指到8点20分,便说:"时间快到了。开完会咱们再细说。"说完,两人一齐走进会议室。

02 荣誉室

会议室严谨而庄重。

第一个进入会议室的梁成栋见到局长欧建文落座后对随后而来的刘国洪、雷汝周、黄国华、崔伟洪、刘国松等人笑了笑，大家便陆续而入。

会议由政委陈军主持。众人落座后，陈军朝局长望去，欧建文点头示意可以开始。陈军清清嗓子说："同志们，现在开始开会。今天的会议议程有三项。第一由刘桂才同志主持新入警民警的宣誓仪式和退休民警的荣退仪式；第二由副局长张雷同志作开展'飓风行动'的动员讲话；第三由局长欧建文讲话。"

说完，陈军将麦克风移过刘桂才面前，刘桂才说："请大家随我来。"便放下麦克风起身带头走向隔壁荣誉室。

荣誉室设在公安分局办公大楼一楼。新党员入党宣誓、老民警退休、新人接受教育等活动都会在这里举办。类似活动通常由政工室领导主持，分局主要领导如非特殊情况都会参加。其主体色调为红色：象征人民警察为党、为人民服务的心永远是红的。主题墙并排悬挂着两幅大红牌：一是中国共产党党旗；一是"对党忠诚、服务人民、执法公正、纪律严明"的标语。

荣誉室左侧墙上设有"我们的誓言"专栏，上面贴满了公安分局民警们在平常工作与学习中的心得和体会。

首先映入眼帘的是在职民警的感言：

至诚、至公、敏学、笃行。——源潭派出所所长李锦源

少说空话，多做工作，扎扎实实，埋头苦干。——光明派出所民警谭森

24小时太迟，只争分秒。——治安大队民警孙国光

躬自厚，讷于言而敏于行。——上廓派出所民警刘秋怡

保畅通，护安全。——交警大队清城中队民警江泽斌

改变事情，先改变自己，再让事情更好，让自己变得更强。——经侦大队民警朱晓鸣

环境不会改变，解决之道在于改变自己。——光明派出所民警刘建兴

没有高大上，也不是豪言壮语。这是他们日常工作、学习的感情表白，是用汗水、鲜血悟出的道理和担当。

其次映入眼帘的是离退休民警的感言：

如果从头再来，我仍然选择当人民警察。——从警38年、原清城区公安分局副局长朱志安

当人民警察是我唯一的追求。——从警31年、原清城区公安分局治安大队队长刘伟明

我希望新入伍的民警，尽忠尽职，忠诚于党，当好一名人民警察。——从警23年、原清城区公安分局副政委钟桂扬

隐蔽战线廿八载，征途漫漫不言悔。无形战线写春秋，岁月荡涤韶华去，斗志今犹在。解甲归田今退隐，国保情怀刻骨髓。忠心为党心不变，弥足珍贵战友情。今日挥手说道别，尽在不言里。——从警34年、原清城区公安分局国保大队综合队中队长韦静

细细读来，老民警们的感言更令人动容。他们的每一句话、每一个字无不体现出他们对职业的忠诚、对事业的追求和对生活的热爱。

荣誉室右侧墙上，粘贴着一组烈士照片和事迹介绍。照片有些泛黄，但，他们的生命永远定格在那些略显童稚的脸上。令人无不为之难过和惋惜！

有的人在茶余饭后讨论警察"牺牲"的话题时显得那样的随意，甚至会不屑一顾地说：警察不就是干这个的吗？他们不面对危险谁面对危险？没错，正面危险确实是警察的职责，但是，他们在选择职业的时候不一定要选择当警察，甚至当了警察也不一定要将自己置身于危险之境。如果他们选择了从事行政、文教、

卫生、科技等领域的工作，我们的社会或者就多了一位能干的政治家，一位优秀的教师，一位妙手回春的大夫，一位令人敬仰的科学家……可是，个个都不愿意当警察，谁来为我们撑起这片蔚蓝色的天空？所以我们要对警察这个职业怀有崇高的敬意，要敬重从事这个职业的每一个人！——我们足可以从周总理的话中掂量出警察对国家和社会的重要性：和平时期，国家安危，公安系于一半！

一众人等在局领导带领下来到荣誉室。

一群民警早已等候在荣誉室里。

已届退休年龄的老同志各自在光荣榜上寻找自己和同事的影子。他们出生在上个世纪五十年代，从警时间超过三十年，不难想象他们经历了众多的困难和凶险。今天，由于年龄的关系，他们不得不谢幕退下，不得不交棒于年轻的一代，但正如他们自己所说，"如果我还年轻，我会继续当一名人民警察！"

新入警的年轻人面对光荣榜则时不时发出惊叹。

有几位年轻人走到牺牲民警欧灿强的遗像前读他的事迹：

> 2007年2月7日，欧灿强在处警现场被歹徒用凶器击伤大脑，送往医院抢救的过程中不治身亡。

仪式开始前，刘润彩将几份先进事迹材料交给赖小梅，说："你去找雷汝周把他的个人资料补齐。这是去年获得'最美警察'称号的人员资料。根据局党委的意见全部要在荣誉室里陈列。"

赖小梅回答道："好的。"然后接过刘润彩手中的资料粗粗地看了一遍——

2018年9月20日，清城区举办了时代新人表彰暨现场交流会。清远市公安局清城分局雷汝周、陈展能、黎海平、潘树森、魏刚等5名同志荣获"最美警察"称号。

黎海平，男，1985年11月出生，中共党员，大学文化程度，现任清远市公安局龙塘派出所副所长，主要负责派出所的社区警务工作。从普通民警到派出所副所长，一路走来，黎海平以勤奋敬业、敢想敢为、创新进取的拼搏精神及知识全面、思路清晰、运筹周密的业务能力，一如既往地践行着"对党忠诚、服务人民、执法公正、纪律严明"的誓言，保卫着一方水土的安宁和谐，抒写着无悔的青春。

潘树森，男，汉族，1961年10月出生，高中文化，中共党员，二级警司，1985年5月参加公安工作，现为清远市公安局源潭派出所民警，负责社区警务工作。潘树森同志由入职至今坚持从事社区治安，爱岗敬业，积极进取，紧紧围绕"发案少、秩序好、群众满意、社会稳定"的目标，落实政府关于加强农村社区警务战略要求和公安机关"三项"建设目标，积极开展熟悉群众、巡逻防范、治安管理、信息收集和服务群众等工作，以社区为家，做群众所需，为群众排忧解难，社区警务工作开展得扎实有效，受到上级领导的高度评价和群众的称赞，被广大群众誉为"社区管家"。

魏刚，男，35岁，中共党员，本科文化，三级警督，2005年参加公安工作，历任银川铁路公安处科员、警长，清城区公安分局交警大队科员，2017年10月至今任清城区公安分局指挥中心情报研判室副主任，负责分局重点专项工作办公室工作。参加工作以来，魏刚同志扎根公安工作各岗位，忠于职守，无私奉献，用质朴而坚毅的行动认真履行人民警察的神圣职责，生动诠释了对党和人民的无限忠诚与热爱。因工作突出，魏刚同志曾于2008年荣立个人三等功，多次被评选为先进个人和年度优秀公务员，2018年当选"清远市清城区2015-2017年创文先进个人"。

陈展能，男，1981年4月21日出生，汉族，中共党员，大专文化，二级警司，现任清远市公安局光明派出所巡防办案中队教导员。自2006年参加公安工作以来，扎根基层，工作积极，表现出色。他立足本职，牢固树立立警为公、执法为民的观念，始终发扬不怕流血牺牲、艰苦奋斗、无私奉献的作风，以实际行动诠释全心全意为人民服务的宗旨。由于工作成绩显著，2017年荣立个人二等功，2010年、2015年，先后两次荣立个人三等功，2012年获评清远市公安局执法标兵，多次获得先进个人嘉奖等奖励。

好久没见面了，大家利用仪式举行前的空隙，三五一群、四五一组聊得不亦乐乎。刘国松往黄国华身边凑了凑，重心没有站稳将黄国华撞了个趔趄。黄国华误以为刘国松嫌他体质弱故意为难自己，很不高兴地说："嘿，你也快了。"意思是说：你的年纪也不小了，体质也有下降的一天，等着瞧吧！

刘国松一下子没反应过来，问道："你说什么，什么快了慢了？"

黄国华附耳道："你是真糊涂还是假糊涂？你六四年出生的，今年五十五了。别像个小伙子一样张扬！"

刘国松终于明白了黄国华的意思，笑道："你啊你啊，太小气了。好，我五十五岁，你二十五岁！"他和黄国华同年出生又同年入警，说话比较随意。

欧建文、陈军和刘桂才聚首商量了几句，刘桂才大声宣布："同志们，我们现在进行新警入警宣誓和老警荣退道别仪式。由于场地所限，请大家安静和听从调遣。"刘桂才清了清嗓子接着说："新入警的同志请站到我的左侧；老同志请站到我的右侧；各派出所的负责人和机关股室的同志站到我的前排的中间。"

荣誉室里"嗡嗡"声不绝，局长欧建文发话了："大家请安静。请按刘党委刚才说的赶紧分列排队。"队伍终于安静了下来。大家已按刘桂才的吩咐站到了各自的方阵。

刘桂才低声问欧建文："可以开始？"

欧建文点了点头。刘桂才大声宣布："仪式开始！立正，稍息。奏《人民警察之歌》！"

看似比较放松的宣誓和荣休仪式，清远市公安局清城分局的领导班子开会商量的时候已经有过共识：一定要正规！因为"仪式感"本身代表着一种精神，体现的是一种团体意识和代代相传的斗志。局长欧建文、政委陈军都在班子会上特别提到过如何规范警察荣誉仪式，这些仪式对提高士气有重要意义。他们的观点得到了局班子所有成员的赞成。

仪式进行过程中，局长欧建文走到一位新民警跟前，十分庄重地说："今天是你们大喜的日子。宣誓过后，你们就将成为一名名副其实的公安民警。近年来，分局的每位新进警员都要在这里举行仪式，目的是让你们更能牢记光荣的时刻。"局长环视了一眼所有在场的民警后，目光转到即将退休的老民警身上，继续说道："分局不仅专门召集各基层领导前来参加你们的入警宣誓仪式，见证你们这一光荣时刻，还特意把即将荣退的老民警请来让荣休仪式一起办。用意是显而易见的——就是要用我们公安民警的大熔炉打造一支继往开来的钢铁队伍！我希望你们年轻人来到这里后加紧学习专业知识，加强专业训练，不断改造自己的世界观，向老同志虚心求教，争取早立功勋。我希望我们即将退休的老同志们继续关心支持公安工作。也希望你们常回家看看，有什么需要我们解决的尽管提出来。我们会尽快帮你们解决！"

陈军走上前说："今天来参加仪式的人都信仰共产主义。新入警的六位同志大多在学校就入了党，还有一位也已是入党积极分子，站在你们周围的都是有着多年党龄的同志，我们齐聚在一起共同缅怀那些为了人民的利益献出了生命的先烈，共同学习那些为了人民的利益而忘我工作的前辈。我们一定要牢记习近平总书记的话：不忘初心、牢记使命！"

清了清嗓音，陈军继续说："我提议现在进行入警宣誓，我们也重温一遍我们的《入警誓词》！"说完，陈军紧握右拳，铿锵有力地领誓："我宣誓：我志愿成为中华人民共和国人民警察，献身于崇高的人民公安事业，坚决做到对党忠诚、服务人民、执法公正、纪律严明，矢志不渝做中国特色社会主义事业的建设者、捍卫者，为维护社会大局稳定、促进社会公平正义、保障人民安居乐业而努力奋斗！宣誓人……"

随后，陈军把新入警人员领到退休老警察跟前，让新入警员接受老警员们的寄语。新老交替让老警员们不禁感慨万千。一位老警员握着一名新警员的手动情说："我错了：原以为你们90

后、00后难堪大任，今天你们的风采让我改变了看法。你们身上没有颓废萎靡之气，接力棒交给你们让我们放心！如果还年轻，我愿意和你们一道再干30年警察！"另一位老警察也接着说："有你们这样的年轻人接班，是清城人民的福祉。"

看到年轻人多少有些稚嫩，欧建文对参加仪式的队长、所长和教导员说："传帮带啊，老同志们能不能主动点。"黄国华、刘国洪、崔伟洪、雷汝周、刘国松、梁成栋等人各自上前向年轻人伸出了友谊的手……

荣誉室气氛热烈，陈军朝赖小梅招招手，赖小梅走到陈军跟前，陈军吩咐道："等会儿政工部门找老同志们再开一个座谈会，看他们还有什么困难需要解决！"赖小梅回答："晚饭后，我们准备召开退休民警欢送会。我们政工室列了一个意见表，老民警们如有什么建议和困难都可在上面反映！"

陈军点了点头，刘润彩接过赖小梅的话："已经和报社联系，我们想发条消息给他们。"陈军笑了一笑："你们决定吧！"说完，陈军走到欧局长身旁，两人并肩站立，看着民警们气氛融洽，颇为欣慰。

欧建文对陈军说："老民警们为革命工作数十年，今年陆续退休，我们不便聚餐，开个欢送会。让政工室把欢送会办得热闹些。"

"好的。"陈军点头道。

刘润彩把新警员资料整理了一下对陈军说："您和局长参加晚上的欢送会吗？"陈军环视一眼大厅："参加。"

"请各所所长、科室负责人移步分局小会议室开会。"刘润彩待大家充分交流后宣布。

出警　03

清城分局百加派出所。

将近十点，刘国松才回到派出所。一上班，他便来到分局办公楼找政委陈军汇报百加派出所党建工作情况。正好赶上"局长接待日"安排陈军轮班，谈了不足一个钟头就回派出所了。他把车泊在一棵较大的榕树下，陈仲宝见了，喊道："刘教，别把车泊在细叶榕下，飘落的叶子太多，会弄脏车的！"

刘国松认为陈仲宝说得在理，赶紧重新把车泊到了靠西的墙根下——那里当荫又没有树叶飘落。看到陈仲宝正给辅警欧振杰和梁二广安排工作，刘国松问："忙完没有？忙完了到我办公室来一下。别忘了叫上刘恩洪。"说完头也不回地进了自己的办公室。刘国松还没落座，陈仲宝和刘恩洪就前后脚一齐跟了进来。刘国松从公文包里拿出一份户口材料递给刘恩洪，说："方姓人家户口迁移的事办好了，你通知户主过来拿吧。我们所里的电脑维修，我去分局户籍中队打印的。从昨天算起他已经等了两天了，说是买房子急用。"刘恩洪接过户口本翻开看了一下，见无差错，说："我们是不是送去，毕竟耽误了人家两天。"刘国松点头道："好吧，当面好好解释。我们要的就是这种工作态度。"刘恩洪招招手，把刚才与陈仲宝谈话的两位辅警叫到跟前吩咐道："等会儿去三角市场路口维护交通秩序时顺便把这个户口本送一下。方姓人家住的小区离三角市场路口不远。"说完，从刘国松桌面的笔记本上扯了一张记事便条，写了一个手机号码，"到了就打这个电话，他立马会来。"辅警接下户口本，点头而去。

辅警走后，刘国松左瞧右看，似乎感觉哪里不对劲。刘恩洪与陈仲宝相互对视了一下，有点丈二和尚摸不着头脑的样子。还是刘恩洪脑袋灵光，问："还有什么没有交代完的？"

"没——有——，还能有什么？"刘国松放下手中的包，摇了摇头。

"没有还乱瞧什么？"刘恩洪迷惑不解地说。

刘国松顺手抹了一下桌上的固定电话，指尖上沾了一层薄薄的灰尘，他放到嘴边吹了吹。陈仲宝会意地笑了笑，说："我同打扫卫生的阿姨说一下，让她打扫房间的时候仔细点，特别是那些边边角角。"不过他今天笑起来有点筋不着皮的样子。

"前几天的分局会议该不会涉及卫生方面了吧，不然刘教会这么细心？"刘恩洪打趣道。

"唉，这次还真被你说正了，前几天的分局会议还真提到了办公环境卫生问题。"刘国松坐直身子，伸臂拿起一块抹布，抹着电话话筒说，"警营文化也包括警容、警貌、内务卫生等方面。前两天两名外地妇女到所里办事，按序等待的时候，我发现为了擦干净椅子，她们足足用了三包卫生纸。这是对我们的环境卫生状况不满呀！"

陈仲宝环视了一下屋子，说："没发现你这里有什么不整洁的地方。"

"坐坐坐。"刘国松把抹布挂回桌边的钩子上，"还不是你们嫂子撩起的这件事——今天早上一出门她就唠叨家具上灰尘太厚，女儿不帮她擦，她一双手根本就顾不过来！"

刘恩洪笑问："到底是分局会议提倡搞卫生还是受嫂子启发搞卫生？"

刘国松白了刘恩洪一眼，说："就你口水多过茶水。我不也是想趁今天没什么特别的事，把所里打扫干净，派出所附近咱也打扫打扫，干干清洁工作，反正闲着也是闲着。"

刘恩洪坐到茶几前的沙发上，笑道："就知道你闲不住，找活干。不过话又说回来，别看刘教在我们所里是领导，在家里地位很低。"

"刘教这是爱老婆的表现！"陈仲宝有话没话地答了一句，"听说光明派出所的林东彦每晚要给老婆打洗脚水呢，你们有没有相互取经？"

刘国松正色道："你们两个小子别再捉弄我老人家了。总之从明天起，你们同阿姨讲好每天至少打扫两次卫生，中午一次，晚上一次，保持室内室外窗明几净，干净整洁，像在家一样；接待群众要文明、礼貌、举止亲切。前几天局长在办公会上说了：要想方设法拉近我们同群众的距离，让每个来所办事的人都能感觉出我们的热情。"刘国松喝了口茶，继续说："政委还强调，《党员学习笔记》一定要记认真，不要落下。到年底的时候组织部要进行考核。我一大本都快记完了，你们记得怎样？"

"每次支部会议都记录了。我还在后面附了体会呢！那本大笔记本也用完了一大半。"说起工作，陈仲宝脸上又开朗起来。

刘国松看到陈仲宝一直站着，原来茶几与沙发的距离太近无法落座，便站起身说："来。帮把手，一起把茶几往外移移。"于是陈仲宝和刘国松同时伸手去挪茶几。大理石茶几本来就比较沉，加上刘国松往外使劲的时候陈仲宝往里推，两人没往一个方向用力，茶几纹丝未动。

"我说往外挪，你往里推干什么？"刘国松提醒道。

"噢，对不起。"陈仲宝发现自己失误后，转身站到刘国松同一侧弯腰往外使力推茶几。看到陈仲宝的样子，刘国松脑海浮现出一个场景：那是去年下半年，全所民警正准备开会，忽然听到陈仲宝还在对一名辅警发脾气。刘国松黑着脸对陈仲宝说："你不知道开会吗？还批评人干什么？"这让陈仲宝极为难堪，样子十分尴尬。事后，刘国松发觉自己处理欠当，下班后约了陈仲宝进行沟通……想到这里，刘国松对陈仲宝充满歉意地笑了笑，共同发力将茶几挪好。

刚刚把茶几挪好，电话响起，陈仲宝拿起电话："……慢慢说，什么地址，有几个人，你先稳住了，我们马上就到。"陈仲宝放下电话，向刘国松汇报道："百加区飞霞街道办治保主任打来电话，两伙青年因赌博产生纠纷，正准备干架，要我们派人去处理。"

刘国松听了，对陈仲宝说："叫两个辅警一起去吧。"转身又对刘恩洪说："你守家，我和他们几个去。"

刘恩洪关心地说："当心点，需要支援打电话。"这是刘国松每次处警刘恩洪都不会忘记叮嘱的话，两人不仅同姓，而且在日常工作中配合默契，关系融洽，私交很好，如同兄弟。刘国松对刘恩洪点点头，带着陈仲宝和两个辅警整装出发。

陈仲宝上车后一直低头不语，少了往日的朝气。看到他心事沉沉的样子，刘国松真后悔叫他出警。其实，在刚才挪茶几时自己就已感觉出来：陈仲宝笑得实在勉强。想劝陈仲宝几句帮他解解心结，车上人多，话到嘴边他又咽了回去。于是打定主意专想案子。可是，事不凑巧，警车正好遇到红灯，一个急刹，他的头脸险些撞到挡风玻璃，连忙提醒司机："小心驾驶。"

04 巧化干戈

清远高新区是个工业园区，东面与广州从化接壤，南面与广州花都相连，西面与佛山、肇庆毗邻，经济发展的区域优势比较明显。园区内厂房密布、写字楼林立；园区外居民小区错落有致、人文风景别开生面。因为配套设施齐全、交通便利、生活成本相对较低、宜居环境好等原因，许多本地居民和外地客商都愿意在这里购房定居。

这片工业和生活区域就叫百加，属百加派出所管辖。

当然，一个城市经济发展相对较好的区域，社会环境也相对复杂。在百加区飞霞街道一栋刚落成的新楼内，一个臂上纹了大蝴蝶的高大个子中年人和一个小平头矮个子的年轻人怒目相对。双方身后都跟着五六个人，他们在相互辱骂，各不相让，大有大打出手之势。街道办两名工作人员横隔在中间，不停劝解，但在两伙人的气势碾压下，调解的力量是那样渺小。两伙人的怒火随时都有可能将整栋楼燃烧。街道办工作人员硬着头皮死撑着，害怕稍稍松懈一下，这个楼道立马会出现一场混斗——那些瞧热闹不嫌事大的围观人群夹杂着惊叫往后退。

曾几何时，人际关系变成了赤裸裸的利益交换，粗鲁、暴戾代替了亲情、友情，语言再也不是人与人沟通的纽带，反而成了矛盾的导火索和助燃剂——今天的情景就是如此，双方各不相让、恶语相向。

情势难以控制，街道办年长的那位示意年轻的那位赶紧回去搬救兵，年轻人怎么也冲不出去。大蝴蝶怒不可遏地举起手中矿泉水瓶砸向小平头；小平头被惹怒，隔着肉林朝大蝴蝶冲过去，手下人也朝前拥。街道办工作人员拼力阻挡也无济于事，眼看两伙人就要从言语冲突演变成肢体碰撞。

"住手！"一声断喝传来。大蝴蝶、小平头双双被震慑，赶紧放松了揪着对方衣领的手。陈仲宝和两名辅警紧跟刘国松切入人群，分开大蝴蝶和小平头。围观群众见警察到来，也自动退到一旁。年老的街道办工作人员挤到刘国松面前，指着大蝴蝶、小平头，上气不接下气地说："聚众闹事，扰乱公共秩序，太不像话……"

刘国松朝大蝴蝶和小平头喝道："都给我退后。"陈仲宝和两名辅警也背靠背插入两拨人中间，以防双方突然动手。刘国松出示了自己的警官证，说："各自把身份证拿出来。抱着头，靠墙站好。"

两拨人终于被刘国松和陈仲宝等人喝止，乖乖听从命令，只剩楼下瞧热闹的群众发出嘻嘻笑声。

"刚才还喊打喊杀，转眼间都不敢吱声了，熊了。"

"个个都欺软怕硬。"

"嘻嘻，警察没来的时候是龙，现在变成虫。"

"警察，搜搜他们身上，可能藏有凶器。"

楼道看热闹的人中有人提醒刘国松别忘了搜身，刘国松点头表示感谢后疏散道："警察在维护公共秩序，请围观群众离开，不要阻碍执行公务。"

小平头、大蝴蝶等人各自拿出身份证，陈仲宝等人上前仔细检查证件。

"我……我身份证没有带在身上。"大蝴蝶手下一个小个子喽啰可能没经历过这种场面，哆嗦着说。

陈仲宝仔细打量了他一番，看他样子还不到十八岁，便改变语气说："住哪？"

小个子答："房间。"

陈仲宝差点没忍住笑出声来："住哪里的房间？"

"就，就住在楼上。"陈仲宝示意一名辅警跟随小伙上楼去取身份证。

检查完身份证，刘国松、陈仲宝和两名辅警继续搜查一众人等随身所带物品。小平头和大蝴蝶身上各搜出一把大约二十厘米长的弹簧刀具。刘国松掂着刀具，对小平头和大蝴蝶说："知不知道这属于管制刀具？"

小平头不敢吱声，大蝴蝶昂头不服气。

"要是我们赶不及，你们就准备动刀子伤人？是不是？"刘国松威严地问，"什么引起的纠纷？赌博？"

小平头和大蝴蝶仍不吭声。

"那好。从你们身上搜出管制刀具，你们得给我回派出所接受调查。"刘国松将刀具交给陈仲宝。刚才同小个子去取身份证的辅警正好赶了回来，陈仲宝和他一起逐一进行身份登记。

"穿着制服耍威风，有什么了不起？"大蝴蝶很不服气，低声嘟囔一句。声音虽小但被刘国松听在耳朵里，他没生气，反倒笑眯眯地返身走到大蝴蝶跟前，盯住大蝴蝶臂上色彩斑斓的蝴蝶文身，说："小子，你说对了。警察执法是维持公共秩序，不是在人面前耍威风、显摆。能够耍威风的是法律，谁要违反法律，法律让他吃不了兜着走，听懂了吗？"

"不懂。"大蝴蝶梗着脖子，鼻子里哼了一句，显然没有刚才那么嚣张了，"没哪个警察像你这样的。"

街道办年老的工作人员上前，把刘国松拉到一旁，耳语道："这个家伙就住在楼上，是个刺头，经常闹事。今天如果不把他制住了，这里迟早会给他闹出大事。"

刘国松见陈仲宝和辅警把一干人的身份证件登记完毕，拿过登记本看过，对大伙说："除徐大朋和李小明以外，其他人可以回去了。但是我警告你们切不可再聚众闹事，下次再被我发现绝不手软！"

然后转身问大蝴蝶："徐大朋我们要到你住处例行检查，请你配合。"

徐大朋是大蝴蝶的本名，他愣了："要搜查，你有搜查证？"

刘国松凛然地对大蝴蝶说："我是例行检查，不是搜查，你是公民，有配合公安机关执法的义务。"

大蝴蝶不敢吭声。刘国松转身对辅警欧振杰、梁二广说："你们看好李小明。陈仲宝随我一起去检查徐大朋住处。"然后对大蝴蝶说："走。"刘国松和陈仲宝便按着大蝴蝶沿楼道再上一层，来到他的住处，然后示意他开门。大蝴蝶极不情愿地朝房内喊："开门。"

来开门的是一个娇小女子，满脸病容。见到大蝴蝶被两个民警挟臂而至，生气地叫了声"哥"，便折回了里屋。

刘国松环视了屋内简单的生活用具和家什，转头对大蝴蝶："是你亲妹子？"

大蝴蝶点了点头。

"你还有需要照顾的人，你看，你妹妹对你有多担心，如果今天你和李小明打起来，你把他伤了或是他把你伤了，你妹妹怎么办，谁来照顾她？"刘国松说。

大蝴蝶抬头看了一眼里屋，不吭声。

"与人打架还知道让妹妹留在房里，还算你有脑子。"刘国松说。

大蝴蝶显然被说中心事，虽仍不出声但已经没有刚才那种犟劲。

"今天的事要不是居委会主任及时报警，你和李小明的纠纷很可能会酿成大祸。也不想想，如果你把他伤了或者他被你伤了，你们都会被拘禁，往深里说，你会被逮捕进监狱。远赴他乡外出讨生活本来就不容易，你想把自己赔进不该去的地方？"

大蝴蝶低头不语。

"要知道，你还年轻，年轻就是本钱，可别把这本钱胡乱消费掉。本来要追究你聚众滋事责任，通过对你住所进行检查，没有发现别的，今天暂不追究，以后可别再犯。"刘国松见大蝴蝶愧意渐生，趁势利导，"你看，你妹妹多希望你这个做哥哥的能有个做哥哥的样子，你却偏要做古惑仔。"刘国松摇摇头说："快把衣服穿上。"

女孩拿着一件短袖衫从里屋出来帮大蝴蝶穿上……

这一起纠纷就被刘国松和陈仲宝轻松化解了。

学习　05

"全体集合！集中学习！"刘国松一声大喊传遍了整个百加派出所。

昨天下午，刘国松去分局开完会正好到了下班时间，他径直找所长李建星商量传达会议精神的事。今早上班，他满脑袋装着昨晚想好的方案，所以一进门就大喊了一句，喊完，连他自己都觉得好笑和奇怪：难不成得了精神病？

所长李建星则站在门口对着他笑："昨晚喝了嫂子煲的什么靓汤？嗓音都变了。"

副所长刘恩洪也在笑："就是学习也不用这样大敲锣鼓啊，好像怕别人不知道似的，昨天的分局会议给你这么大的精神力量要这样喊话？"

"我也不知道怎么就冲口而出，你知道我从来不这样。可能是太紧张了吧！"刘国松自我解释道。

刘国松平时很随和，今天见他这么一吼，民警们感觉十分奇怪，纷纷围上来一起打趣他。

"刘教,昨晚练成狮吼功了?"

"刘教,从来没听过你这样的声音,再来一遍听听。"

"刘教,我们都听说了,要展开学习会议精神,你是怕我们不用心学,所以特意用这么大声音提醒我们是吧?"

笑过闹过,刘国松一手一个把所长李建星和副所长刘恩洪拉到门口:"感觉新班子上任很多东西都要改进,局长、政委对风纪抓得很严,百加派出所在这方面可不能落后于人,你们同意?"

李建星:"你今天怎么了?感觉同平时不一样,有什么同不同意,学习提高是我们作为领导常对下属说的话,当然要起带头作用。"

刘恩洪:"所里有新调来的民警,也有新来的辅警,正好通过学习把大家都拧在一起,通过学习达到团结提高的目的。"

正、副所长的话让刘国松放心了,他就是想着如何让大家达成一致意见才找李建星的,因为所长们平时的工作重点多放在业务上。

"不瞒你说,刚才我和恩洪也在商量怎样提高全所的学习兴趣呢。"李建星补充道。

刘国松:"这就好了,我还担心你们会觉得思想学习占用过多时间呢。"

刘国松轻松起来,从包里拿出一份昨晚连夜写好的学习计划:"请你们两位看看,有没有需要再补充的地方。"

"我知道你的心思,因为这次学习不同以往。"李建星说。

"对对对,太对了。"刘国松深感所长把自己看得透彻,他接着说:"学习,能使我们热情地接待每一位群众,能使值班民警见到群众主动打招呼,办事过程中能够使用文明用语'您好''请坐''请问你需要什么帮助',无论对谁都能做到举止文明、礼貌、亲切，通过这些小事拉近群众和警察之间的距离，让每个来办事的群众感觉百加派出所浓浓的暖意……这样多好呀！"

刘国松、李建星、刘恩洪三人只顾凑在一起商量，却没有留意到民警和辅警们也在周围，等发现时他们的话被听了个遍。刘国松对大家摆了摆手，说："想听？好，进屋，都进屋，让你们听个够。"于是大家蜂拥进屋纷纷坐好。

刘恩洪注视着刘国松，说："我赞同你的说法，还有你上次说的每天得一午一晚打扫两次卫生，把派出所打扫得干干净净、窗明几净，让上班的同事们感觉就像在家里，舒适温馨。"

"要这样的话，恐怕民警们下班都不想回家了。"李建星也很赞成刘国松的想法。

刘国松四处扫了一眼，发现陈仲宝没在，便问刘恩洪："陈仲宝今天没来？"

刘恩洪凑近他："这两天都请假，不知道为什么事。"

民警家里有事，按正常手续请假，刘国松没有多问。三人哈哈一笑，进入办公室。今天学习的内容有两个：一个是支部全体党员会议；一个是开展学习习近平总书记《习近平谈治国理政》著作的体会。会议开始后，大家刚才的随意举止都被认真严肃的态度取而代之。

李建星首先说道："同志们，我们今天召开百加派出所党支部会议，因为我们工作比较忙，经请示上级党组织同意，我们把学习《习近平谈治国理政》著作一起学了。你们刚才也听到了，今后一个时期，除了所里正常的工作之外，重点要放在学习上，学习提高了，警容风纪自然也就会提高。下面由刘教宣讲学习计划。"

刘国松打开昨晚草拟好的学习计划……

06 清官巧断家务事

华灯初上时分。

"刘教,你有事找我?刚才路上手机信号差,讲着讲着电话就断了。"从源潭派出所查阅案件资料回来的陈仲宝汗都没来得及擦就来到了刘国松的办公室。刘国松示意陈仲宝坐下,给陈仲宝倒了杯水:"坐。平时都要办案,没时间坐在一起谈一谈。今天晚上我有空,我们一起吃个饭。你先给家里打个电话,免得他们着急。"

在陈仲宝的心里,刘国松不仅是自己的领导而且是良师益友。他打心底里佩服他:这不仅是因为刘国松业务熟练、工作出色,还因为他的为人特别好!从警30多年,刘国松一直都在基层摸爬滚打,虽然是教导员,但对派出所所有工作驾轻就熟。

"今晚,我们一起吃饭?"陈仲宝大感意外地追问。陈仲宝本来答应回家的,赶回的路上接到刘国松的电话就过来了。

"是呀。难道有假？"刘国松给他倒了一杯水。

陈仲宝刚来百加派出所不久,但他了解许多有关刘国松的事迹:他出身农村,凭自己努力考上警察学校,又在基层派出所兢兢业业、任劳任怨数十年。当过龙塘派出所教导员,水上派出所所长,现在轮岗到百加派出所当教导员。立过功、受过奖,大大小小案件破了三十多宗。陈仲宝不止一次地在心里问自己:我能做到?

"你要家里有事,咱们改天再谈。"刘国松看到陈仲宝有些犹豫的样子。

"不是。"陈仲宝高兴之情溢于言表,"我很高兴。领导请吃饭哪有不高兴之理?"

"那咱们现在就走。"刘国松高兴道。

"工作的事呢?"陈仲宝心里记挂着工作。

"边吃边谈吧!"刘国松轻松地答道。

陈仲宝愉快地接受了刘国松的邀请,一同走出派出所。

"坐我的车。"刘国松邀请陈仲宝上自己的车,"我知道有家味道不错的餐馆,咱们上那儿去。"

陈仲宝大胆且玩笑一句:"你做东你拿主意。"

餐馆环境优雅,包间绿篱四挂,印象派大师的作品点缀其间,刘国松、陈仲宝隔小桌而坐,桌上摆放着三样本地菜:白切鸡、黄焖碌鹅、上汤苋菜,还有两杯卡氏奶。

"喝不喝酒?我要开车,不陪你喝了,要喝的话我给你要一支二两装的江小白。"服务生上好菜以后,刘国松招呼陈仲宝吃饭。

陈仲宝心里直犯嘀咕:身为教导员的刘国松今天为什么要请自己吃饭?真有点丈二和尚摸不着头脑。

刘国松冷不丁地问了一句："恋爱的时候常来这种地方吗？"

"偶尔来。来后往往一杯饮品可以坐两三个小时。"陈仲宝谢绝刘国松的喝酒邀请后据实说道。

"真美好啊，恋爱的时光总是那么的让人难以忘怀。我们年轻的时侯这里还是一片荒地，哪有什么消费场所？"刘国松充满感叹地说。

刘国松出生在二十世纪六十年代，应是陈仲宝的长辈，他年轻的时候恰好物质贫乏，恋爱时更没有什么可去的地方，最多也就约个会，夜晚在乡间小路走走，也不去什么消费场所。恋爱经历简单，不似现在青年可以到电影院看电影，节假日到外地旅游，总之爱哪儿潇洒上哪儿。

"工作是不是太忙了？"刘国松问了个不是问题的问题。

陈仲宝十分诧异，回答："不会呀，所里不都这样吗？"

"我到过你家，和你妻子谈过。"刘国松直入话题，他感觉陈仲宝已经意识到今晚到这里来的目的，与其不着边际地废话不如直白点好。

陈仲宝很感意外地问："她怎么没告诉过我？她没对你说什么出格的话吧？"

"哪里？她可比你通情达理得多。我特意交代她先别急着告诉你。等我和你谈过之后，你俩再好好沟通。"

刘国松瞟了陈仲宝一眼，观察他的反应。解决家庭矛盾，分寸的掌握很重要，既要把话讲透但又不能过分。

"她怎么和你说的？"果然，陈仲宝十分在意。

刘国松故作严肃状："她可告你不少'黑状'。"

"我就知道她会乱说话。"陈仲宝喝下一大口饮料，脸色不像刚才那般愉快。刘国松见状不由得笑了一下。

"你错了，仲宝，你妻子对你有很深的感情，因为重感情，才担心你的工作和学习，才更想了解你在所里的表现。因为你们才结婚不久，她白天忙工作，晚上带孩子，而你缺少对她的耐心和沟通。"刘国松很正经地说。

"难道每次迟点儿回家都要对她做解释？"

"看看你，来态度不是？"刘国松和颜悦色，"沟通是必需的，任何时候都需要。办案出差不回家好说，如果朋友聚会不回家又不解释，你要人家怎么想？"

陈仲宝急着问："她怎么说的？"

"她很开通，也很支持你的工作，问题都出在你身上，你只要多点耐心就行。"

"她肯定说了我什么。"陈仲宝不无痛苦地说……

07 床头吵架床尾和

刘国松专门购买了一个水果篮,来到陈仲宝家。陈仲宝近段时间工作常常不在状态,小失误不断,经过多方了解刘国松才弄清楚:原来是小两口闹矛盾。

他来当和事佬。

俗话说"清官难断家务事"。据刘国松了解,陈仲宝和妻子曾敏之间的矛盾并非难以调和,仅仅只是缺少沟通而已。但婚姻如同琉璃,呵护好了历久弥新;呵护不好,掉在地上便是一堆碎片。作为同事也好长辈也罢,他不愿意看到陈仲宝工作时的颓废样子。他有责任和义务帮助陈仲宝排解家庭的烦恼。

刘国松来到陈仲宝家时,陈仲宝年轻貌美的妻子很意外。当她知道来家拜访的中年男子是丈夫派出所教导员时,冰雪聪明的她马上明白刘国松的来意。她出身于一个家教极严的知识分子家庭,父亲是一位文化工作者,母亲是一位贤淑的退休职工。她深深地爱着她的丈夫和家庭,也理解丈夫工作的性质和危险,但是，作为一个女人，她对家庭的付出需要得到理解。因为从丈夫那里多次听说过刘国松的一些事迹，知道刘国松为人正直不藏私心，所以她毫无隐瞒地将对陈仲宝的看法一股脑儿端了出来。

多么般配的一对小夫妻——见了面，刘国松由衷地从心里赞叹；也更增加了成人之美的决心。他等陈仲宝妻子侃侃把话说完，道："仲宝是个上进心很强的青年。思想端正，业务工作很主动，能力较强，派出所没有人不说他好的。"

这是句套话，但陈仲宝的表现也确实不错。刘国松虽然在基层派出所做过多年领导但真找不出更适合的话来劝说自己干将的妻子。只好以自己多年从警的经历告诉陈仲宝的妻子曾敏：警察工作的不同之处在于它的特殊性和突然性，不能像其他行业那样朝九晚五，按部就班，如遇案件发生和需要处警状况，时间支配上更是由不得自己。

"是啊。做警察是个苦累活，工作量大，陪伴家人时间少，需要外出，需要超时工作，需要随时出发。"曾敏感叹道——这个通情达理的女人原来在心里一直挂念着自己的丈夫呢！

听了曾敏的感慨，刘国松心里不禁暗骂陈仲宝是"混蛋"，口上却说："百加派出所多为年龄偏大的警察，仲宝是最年轻的一个，他觉得自己应该多干点，所以对家人的关心相应就少了。希望你能理解。"

刘国松把陈仲宝在工作上的表现向陈仲宝妻子做了介绍，末了还告诉她，陈仲宝最近工作情绪不高，经常出现小失误："你知道，公安工作要求极为细致，小到一份不起眼的材料保存都有可能影响到日后要解决的事，保持良好的工作状态很是关键。"

从他发现陈仲宝在办公室移动茶几的失误到他对辅警乱发脾气等情绪波动，凭借多年的经验，刘国松敏锐地判断出陈仲宝极可能是因为家庭出现状况。虽说派出所有正、副所长，但他是派出所教导员，是队伍思想工作的驾驶员，思想工作出现偏差就会犯方向性错误。陈仲宝情绪有波动，他必须帮他纠正，因为陈仲宝年轻，年轻谁不犯错？只要不触犯原则，错了就改，继续干！

"陈仲宝年轻，肯干也敢干。谢谢你这么支持他，但很可能缺少沟通，他不明白。我回去好好开导他。"刘国松如同在派出所做警员思想工作一样，细语慢声。

通过交谈，陈仲宝妻子曾敏答应加强与丈夫沟通，刘国松的良苦用心收到很好的成效。离开的时候，曾敏对刘国松一再表示谢意。

从陈仲宝家出来，刘国松感觉轻松多了。他想，这一半的心结解开了，那一半怎么办呢？于是就有了今天的饭局——

陈仲宝你可得为我争气呀——刘国松在心里默默地祈祷着！

没有过不去的坎

08

绿篱包间的餐厅,陈仲宝静静地倾听着刘国松讲述家访时同他家人和妻子会面的情况,唯恐听漏了什么,听错了什么——

刘国松也注意到,当听到关于妻子的情形时,陈仲宝那一脸紧张的气色,不由得在心底感慨:这小伙子原来也是那么爱他的妻子,爱他的家庭!

"那天从你家出来后,我顺便到清城区检察院看望我昔日的一位朋友,正好了解到你爱人也在那里工作。"刘国松继续说。

"是。她也在我们政法线工作。"陈仲宝一直认真地听着,不曾放过刘国松说的每一个字。

"如果不去那里,我真不知道她不仅要操持家务而且工作也十分出色。"刘国松笑着说。

陈仲宝不言语了,刘国松继续说:"作为你的教导员,我感觉你和妻子发生矛盾的根源在你身上。"

"在我?"陈仲宝很意外。

"当然在你身上。"刘国松的语气不容置疑,他目不转睛地盯着陈仲宝。

他清楚眼前这个小伙子的性格,不怕吃苦,与同事关系融洽,也能领悟领导意图,不足之处是容易把坏情绪带到工作中来——上次对辅警发脾气就是这样;可想而知,他同样也会把坏情绪带回家庭中去。他必须提醒他,让他改正这个缺点。而正好,陈仲宝有个最特别的优点就是"知错能改"——刘国松对他身上这个优点最为满意,他觉得假以时日,陈仲宝会是个出色的基层骨干。

接着刘国松把情况同陈仲宝简单地述说了一遍,以激励眼前这位年轻的部下:曾敏,2012年参加工作,2013年至2016年连续4年被评为"清城区检察院先进工作者"。其间,还积极撰写稿件,发挥检察正能量、传播检察好声音,共撰写信息和调研文章近百篇,其中近40篇被《检察日报》《当代检察官》《南方日报》《清远日报》等报纸、杂志采用,不少文章被人民网、央视网、南方网、正义网等具有影响力的网站转载。多次在省、市、区级征文中获奖。

说到这里,刘国松将手伸过桌面拍了拍陈仲宝的肩膀感叹道:"你的妻子曾敏性格文静,待人和气,充满爱心。她曾帮助待产孕妇顺利产子。"

刘国松缩回手来盯着陈仲宝,"这些情况你知道吗?"

陈仲宝咬着下嘴唇轻轻地摇了摇头:"不知道。"

"你看,这就是你的不对了。"刘国松抽纸巾抹了一下嘴说,"鉴于你妻子的表现,清城区检察院要推荐她为'清远市时代楷模和道德模范'之'十大敬老爱亲'候选人。"

"唉——"陈仲宝举起手中的饮料一饮而尽,"是。我总认为她不理解我,但是,我却很少关心她。"

年轻人做事有冲劲,精力充沛,但也容易毛躁,需要磨炼。刘国松长期在基层工作,对培养新人极有经验,懂得掌握火候和分寸,不会拔苗助长。

"你爱人十分在意你。"看到火候到了,刘国松帮陈仲宝把饮料斟满,慢慢地说,"她给我看了你们家影集,逐一对我讲述你们的故事。可以看出,你爱人对你很珍惜。"

"这倒是,我也很珍惜她的。"陈仲宝掩饰不住对妻子的感情。

"那为何还要和她吵?男子汉就不能让着点?"刘国松紧问道。

陈仲宝打开话题:"你有所不知,我要下班晚了,自从有了孩子她好像对我冷淡了许多,我有时候发几句牢骚,她就不理睬我。"陈仲宝拿起杯子,一口把饮料喝光。

"再然后就开始矛盾激化,小两口吵架了,是不是?"刘国松洞若观火。

"谁能忍得了。"陈仲宝显得有些后悔。

刘国松脸色严肃起来:"嘀,你还有道理了。"

陈仲宝不吱声了,眼睛盯着绿篱上的画。

刘国松也把话打住,端起米饭自顾自地大吃起来,当陈仲宝不存在似的,陈仲宝只好也端起碗,夹菜吃饭。

刘国松扒完一碗米饭,喝了口饮料,这才重新打量陈仲宝:"还听吗?"

陈仲宝一边扒饭一边点头。

刘国松便从夫妻生活如何求同去异互相谦让,如何爱屋及乌尊重双方长辈及家人,如何欣赏另一半的优点帮助其克服自身的缺点,如何体贴关怀对方让小孩在和睦中成长等,滔滔不绝地又讲了一个小时。

陈仲宝睁大了眼睛，刘国松一席话让他拨云见日。过去很多时候，他索取得比较多，不知道给肩膀让女人靠，只是一味地求全责备。可越这样，妻子就和他打起了冷战，弄得双方精疲力竭。

他感激地往刘国松杯中倒满饮料，端起杯子，说："要不是有规定，今晚得多敬你几杯酒。不醉不休。你的话解开了我的困惑。"说完，仰头把饮料喝干。刘国松也一饮而尽。

"选个节假日，我请你，咱俩喝个痛快。"

放下杯子，刘国松说道："其实，夫妻相处之道在于相互体谅相互理解信任，这个话说起来容易但做起来难，短期做和长期做又是另一回事。你只要常这样想就行：夫妻同吃一锅饭同盖一床被子，有什么话不可以说？有什么是不能做的？你身上哪儿有块疤痕对方都知道！"

陈仲宝频频点头："刘教，谢谢你。你不知道，我们两人吵架后，第二天我带着情绪回派出所上班，有多危险啊。"

压在心头的石头被搬开，陈仲宝也愉快起来。刘国松心里很为他高兴，原本以为要费好大口舌才能说通陈仲宝，现在只花了两个小时就帮他解开了心结。同时，他也暗自感叹，年轻时候对付妻子的招数幸好还没过时。

陈仲宝如释重负，试探性地问刘国松："刘教，可以和我说说你当年为什么当民警吗？我很想知道，听说你当初的动机有点，有点，那个……"

"当初做警察我是想报复欺负好人的坏蛋！"

刘国松告诉陈仲宝：小时候兄妹多，家里穷，被人瞧不起，受人欺负。生产队劳动记工分，姐姐干的活多但工分被人少记；生产队有什么红利分配他家也没有，即使有也比别人少。姐姐因此暗暗哭过几次……于是，父亲决定举家迁去韶关，但寄人篱下的日子也不好过；十岁那年，又迁回清远。为了改变命运，他发誓要好好念书，考上大学，出人头地。他这样想也这样做，可当时家里穷，没法跟人比，考大学时只好选择警察学校，因为读警察学校不用交纳学费，而且每月还有补助，并且毕业做了警察别人就不敢再欺负他。

"报复过那些欺负你的人？"陈仲宝饶有兴味地问。

"要是真报复了，恐怕早就被辞退回家了，哪还有今天你我坐在这儿谈家庭谈工作？"刘国松很有感触地说，"我一直庆幸自己选择了警察学校，是学校改变了我的很多荒唐想法和观点。"

"我知道了，所以你很重视思想政治工作。"陈仲宝对刘国松有了更多认识。

"今晚真没白费这顿饭钱。"刘国松开起玩笑。

"要不舍得我来买单啊。"陈仲宝也不示弱。

这顿饭两个人足足吃了将近三个小时，离开餐馆时候已是晚上十点多钟……

几天后，陈仲宝悄悄告诉刘国松，采用他说的方法后，他和爱人之间的小矛盾已经化解了。

09 魔高一尺 道高一丈

"最近一段时期，整个清城出现了多起盗车案件。以前，犯罪嫌疑人专门选择较偏僻的地方下手，小车、摩托车逢车便盗；现在胆子越来越大，选择地点越来越靠近闹市区，盗窃的车辆也越来越高档。百加派出所所管辖的高新区最近也发生好几起。报案的主要是工业园区外的居民区，特别是几年前的一些高档酒楼，当时的汽车使用没有现在多，酒楼规划时缺少远见，停车位少，前来洽谈生意的客商只好把车泊在酒楼附近的街道上，这样便给犯罪嫌疑人以可乘之机。为了保护营商环境和老百姓的财产安全，分局要求各派出所进行一次打击汽车盗抢的专项行动。各个派出所都分配有任务，我们所也不例外。现在所长出差，但我们不能落后，你们怎么看？"

派出所打击车辆盗抢案情分析会上，刘国松首先发言。发言完毕，他把三个团伙的主要犯罪嫌疑人资料分发到每个民警手上，让大家清楚今后一段时期的工作重心，并让大家发表看法。

"这个家伙不就是之前我们追捕过，但没抓住的家伙吗？"坐在陈仲宝旁边的一名民警看过犯罪嫌疑人的资料后说到，他一年前就跟踪过这个家伙，也很清楚此人狡猾的手段。

"对。他曾经是我们的追捕对象。这家伙不仅狡猾，且犯案累累，是个流窜犯。清城区几乎每个地方都有他犯过的案件，可谓名头响亮，不仅我们跟踪他没抓着，其他兄弟单位也跟踪过他，但也给他逃了，案子搁浅。"副所长刘恩洪说。

"分头排查，只要他流窜到这儿，不会不露痕迹，先查清情况再实施抓捕。"一位中年民警说。

刘国松同意这位民警的观点，说："刚才我已经说过，为了确保一方平安，分局党委已作出部署，发出动员令，调动各警种积极配合，要进行一次集中打击汽车盗抢犯罪活动的行动。我们所所管辖的高新区是重点，来这里定居的广州人、佛山人很多，外商、台商和港商也不少，无疑是整个清远对外开放的窗口。分局领导开会后还专门找我谈了这个问题，要我们所拿出像样的成果来。我们这次要对管辖区域开展地毯式排查，线索是查出来的，只要我们紧追不放，就能把犯罪嫌疑人查到并抓获，同志们可有信心？"

"有！"

民警们的回答铿锵有力、信心十足，可刘国松清楚地知道，抓获这种流窜犯罪的惯犯不是件容易的事情：他们反追踪反侦查经验丰富，而且经常变换住所，从不在一个地方多待，"狡兔三窟"是他们的作案特性。他在龙塘派出所任所长时就遇到过这种惯犯，花费好长时间才将之逮住。

刘国松让陈仲宝把全所民警和辅警掌握的线索组织起来，仔细分析。

　　"我们在明,犯罪嫌疑人在暗,困难当然较大。但是,犯罪嫌疑人盗抢车辆,无论再怎么狡猾再怎样精心防备,终会露出蛛丝马迹。布控抓捕罪犯就是与犯罪嫌疑人斗智斗勇,俗话说狐狸再狡猾也斗不过好猎手,而我们就是好猎手,只要借鉴以前的成功案例,就不怕抓不到他们。"

　　刘国松并非空口说白话,他在这方面具有丰富的经验。多年在基层派出所摸爬滚打的他除了注重融洽警民关系之外,另一项重要工作就是同各类犯罪分子"打交道":亲手抓过持枪抢劫案犯;带队打掉过带黑社会性质的河霸、地霸。除了从警头两年是在科股办公室工作外,他的工作足迹几乎遍及基层派出所,长期的基层工作积累让他在与犯罪分子斗智斗勇方面积累了丰富的经验。

10 生死相搏

正在百加派出所按照分局部署，组织警力布置打击盗抢车辆犯罪活动的时候，2018年10月19日在百加派出所管辖的高新区发生了一起震惊整个清远市的抢劫案件——

上午8时，刘国松一如既往地提前来到办公室，一如既往地处理派出所日常事务，召开晨会、布置任务。他仔细翻阅了"出警记录"：时间，10月19日3时10分；地点，百加派出所留置室；警员，陈仲宝。看到这条信息，他满意地笑了。

他又查看了一回"今日工作安排"，一共两件事。第一件事，工业园区的治安会议，他想派副所长刘恩洪去；第二件事，青少年禁毒志愿者活动，他想派政工人员杨云好去。

9时36分，晨会刚刚结束，派出所接到群众报警：辖区内高新区创兴大道建设银行有歹徒扬言打劫！

简单明了但案情重大！身为辖区派出所教导员的刘国松一秒钟时间也没耽搁，一边让所里同事上报案情，一边率领几名辅警带上警用装备出发赶赴案发地点，但是，他没有叫醒昨夜加班到深夜正在休息的同事陈仲宝。

陈仲宝是所里最年轻的警员，昨晚他率领几名辅警处理一宗偷盗案件，回到所里已是凌晨三点，四点钟后才躺下休息。一向关心体恤下属的刘国松一心只想让刘仲宝多休息一会儿，所以接到劫案出警时，陈仲宝一直处在熟睡当中，并不知道相关情况。

但是，正因为刘国松这次体恤下属的举动，陈仲宝很长一段时间都心怀内疚，甚至在刘国松负伤住院期间，陈仲宝总感觉难以面对刘国松本人和他的家人。

他反复寻思，自己是所里最年轻的警员，如果刘国松当时把他叫醒让他一起出警，刘国松或许就不会负伤，至少不会伤得危及生命。陈仲宝甚至做过这样的假设：身为教导员的刘国松可以有多种选择，无须亲自冲在最前面，大可以指挥下属和辅警上前，合力擒住犯罪嫌疑人；或者与犯罪嫌疑人周旋，等待最佳时机一举将其拿下；又或者出现最坏的结果——犯罪嫌疑人暂时逃脱再调动警力对其进行搜捕。总之对一个年逾50岁的警察来说，刘国松有十个理由无须亲自冲上前去以性命相搏，无论以哪种现场方式处理，刘国松都没有失职之处！

如果……

如果……

可惜，这些都只是陈仲宝事后的假设，生活中没有如果——

警车急驶呼啸，警灯闪烁，警笛长鸣。

雨后的街道，橱窗明亮，游人如鲫，警车所过之处引得路人纷纷侧目。但是这些丝毫也引不起刘国松的注意，他和车内同事心里只有一个念头：尽快赶到事发地点。

很快，刘国松就和欧振杰、梁二广等几名辅警赶到了现场。车子还没停妥，刘国松就跳下车，迅速布控。

此时犯罪嫌疑人已经混入人丛，伺机逃逸。刘国松目光锐利地在人丛中搜索犯罪嫌疑人。目标锁定在一个推着自行车的中等个子男人身上。或许因为紧张，犯罪嫌疑人还没来得及收藏作案工具：一把三十厘米长的匕首搁在车把上，匕首的手柄用白色塑料胶带缠着，显得十分抢眼。

离建设银行分理处营业部前面不远处有个农贸市场，因为这里离郊区近，附近的菜农将自种的蔬菜挑来这里卖，蔬菜的花色和品种要比其他市场的好，所以把周围的居民都吸引过来了。犯罪嫌疑人推着自行车正朝这里跑去。快要进入市场的时候，他情不自禁地向刘国松所在方位瞥了一下——就是这么一个微小动作，刘国松凭借多年来丰富的办案经验立即判断：就是他！

刘国松立即吩咐身后辅警："我在正面拦截，你们从旁迅速冲上前控制。"刘国松挺起钢叉向前，犯罪嫌疑人见状，企图绕开刘国松从旁边溜走。犯罪嫌疑人这个动作彻底暴露了自己的身份。刘国松大声喝令："站住，我是警察，停止逃跑！"

犯罪嫌疑人哆嗦了一下，但置之不理，加快了逃跑步伐。

事发闹市区，大街上人来人往，周围聚集了许多群众，其中还有妇女和儿童。为了确保周围群众安全，避免伤及无辜，刘国松没有使用枪械。犯罪嫌疑人见刘国松手中只有钢叉而且使用时不敢放开，明白刘国松投鼠忌器，更加有恃无恐。刘国松挺步靠近，再度大声喝令犯罪嫌疑人："站住，不许动，你逃不了！"

虽然，逃跑的路被严严堵死，但是在逃跑欲望的支撑下，犯罪嫌疑人企图做最后挣扎。他东奔西突，但都被刘国松挡住，钢叉始终不离他的左右。几番相斗，犯罪嫌疑人见逃脱无望，便推倒自行车，拔出匕首扑向刘国松，大吼大叫："挡我道，去死吧！"

伴随一声狂吼，罪恶的匕首刺向刘国松胸膛！

刘国松一心想控制住犯罪嫌疑人等同事合力把他擒住。由于钢叉过长，回旋余地小，手中的钢叉掉落在地。没有武器的他徒手与歹徒展开肉搏。歹徒第一刀落下，刘国松往旁边躲过；歹徒第二刀紧接而至，刘国松躲避不及，匕首在空中划出一道寒光，深深刺入刘国松身体——听到利刃刺入身体的那一声响，刘国松如同电击，一股鲜血直喷而出——事后刘国松从医生口中得知匕首刺进了肺部大动脉，是致命部位。

鲜血顺着刀柄和刘国松的警服往下渗透，染红了马路。豆大的汗珠从他脸颊滴落，见刘国松体力不支，难以为继，犯罪嫌疑人似乎看到了逃出生天的希望，口中对刘国松疯狂叫嚣："让开道，让开道，不然捅死你！"

尽管身体无力，手脚开始麻木，但刘国松并没有被歹徒的气焰吓倒，他心里只有一个念头：我是警察，警察不能在歹徒面前示弱，不能在歹徒面前倒下！在这个信念的支撑下，他忍住剧痛，紧咬牙关，一手死死抓住歹徒的手，另一只手做出反击，令歹徒无法挣脱。

他不要命的劲头让歹徒慌了，怕了，为能逃命，他拼命要夺回匕首，但刘国松拼尽全力攥紧歹徒持匕首的手腕，无论歹徒如何挣扎也无法挣脱。

虽然浑身是血，前襟已经被涌出的鲜血浸透，鲜血又顺着衣衫染湿了裤子，流至裤角、鞋子和袜子，但刘国松始终没有放手。

只有影视作品才有的警匪拼死争斗的殊死场景让围观群众不禁发出阵阵惊呼之声，但对刘国松来说，他什么都没听到，他心里只有一个念头，我绝不能让他从手中跑掉！

在这个念头的支撑下，他强悍地紧攥歹徒，没有丝毫退缩之意。歹徒惊惧了，他没见过身体血流如注的人还能如此强悍不退让，不妥协不畏惧，没见过如此不要命的人。

就在歹徒惊惧恐慌拼命挣扎之际，欧振杰、梁二广等人一拥而上，合力将歹徒摁倒在地，反绞歹徒双手缴了他的利刃，刘国松将犯罪嫌疑人铐上手铐。

生死搏斗结束，此时已虚弱不堪，但刘国松感觉仍可坚持，他不顾身体依然流血和胸口依然疼痛，镇静指挥现场。

直到歹徒被擒，刘国松才一下子松弛下来，顿时感觉胸口麻木，身体动作变得迟缓僵硬，感觉平时灵活的身手变得不协调、迟钝，脚步也开始跄踉起来。欧振杰见状，赶紧将他扶到一边查看伤情，这才发现刘国松负伤严重，连忙对他进行简单包扎，把他扶上警车，紧急把他送往就近的高新区医院。

警车鸣响警笛，一路向医院急驶。

高新区医院是距离案发地点最近的医院，虽然只有短短十分钟车程，但对护送刘国松去医院的欧振杰来说就好像要绕地球十圈。车上，只经过简单包扎的刘国松伤口继续出血，车厢里已是满车血迹。欧振杰以手捂着刘国松伤口，想给他止血却无法将血止住。他心里焦急无比，狂敲前厢，催促司机。

"开快点，再快点！别管红绿灯啊！"欧振杰大声吼道，"刘教快不行了！"

别管红绿灯！这话从警察的口中说出，是一种怎样的危急状况？！情急之下，他也毫无办法，只能如此。

"刘教,坚持住,医院很快就到。你可别吓我,一定要扛住!"欧振杰把刘国松上身抱在怀里,不断安慰他。

刘国松十分疲惫,双眼发沉,只想睡觉——他心里明白:如果此时睡觉,自己的生命今天就会彻底交代了。于是他强打精神,提起全身的气力,轻轻地笑道:"我感觉鞋袜都湿了,可能流了很多血。"

欧振杰捧着刘国松的脑袋含着眼泪说:"你是流了很多血,流了许许多多血。我们正在送你去医院。你不要说话,更不能睡觉!"

这个节骨眼上,欧振杰已不会用善意的谎话来打马虎眼了。

刘国松何尝不清楚?他强提一口气,说:"垫高一点,让我躺得舒服一些,和我说话,别让我昏过去。"

欧振杰按刘国松的吩咐把他的身体尽量往上移到自己的胸脯,让刘国松"舒服点"。作为一名辅警,他虽和教导员刘国松以及所里其他民警抓捕过小偷,追捕过逃犯,但与犯罪嫌疑人以性命相拼的场面他没见过也不曾想过,以前从别人口中听到、从书本上读到、从影视剧中看到的如此惊心动魄的故事,今天就发生在自己的身边,让自己遇上,这让他震撼,让他现在还心有余悸。这更增添了他对刘国松的敬佩:一名年逾五十的老警察敢于直面手中挥舞凶器的歹徒而毫无惧色,这是何等的勇气和意志!这是何等的担当!

这是一个人民警察、一名共产党员在履职过程中"不忘初心、牢记使命"的具体表现!真的勇士,敢于正视淋漓的鲜血。鲁迅先生的这句名言,他今天总算领悟了它的真谛——无论是在白色恐怖的战争年代还是在和平的年代,这些"真的勇士"永远是我们国家和民族的脊梁!

欧振杰为刘国松的伤势焦急万分,他不知道该对刘国松安慰什么才好使他才不至于"昏过去",面对呼吸越来越急促的刘国松,欧振杰只能不停地催促司机。

刘国松负伤后,李建星吩咐陈仲宝和另一名民警立马驱车赶往案发现场。他把车子驶得飞快,恨不得飞到现场,以致自己所里另一辆警车迎面而过都没有察觉——那一辆警车上正载着他敬重的教导员刘国松,而刘国松正在与死神战斗!

陈仲宝两人赶到现场时,那里还聚集有不少群众,首先映入他们眼帘的是警戒线内地面上的血迹和那把被鲜血染红的近三十厘米长的匕首。陈仲宝感到事态严重,也想象得出刘国松的伤势和案发时候的激烈程度,但是,他暂时不能悲痛。他一边疏散群众一边将匕首装进证据袋,又对案发现场进行拍照取证,将犯罪嫌疑人用过的单车搬到派出所派来的皮卡上……一切处理妥当,他才驱车赶往高新区医院!

此时正在诊所治疗牙病的副所长刘恩洪也得到了刘国松负伤的消息,他放弃治疗,也朝高新区医院赶来。

11 生命历程

10点零6分,刘国松受伤半小时后。

车子减速——已经到医院了。欧振杰朝车窗外看了一眼,松了一大口气,他怕刘国松眯眼睡觉,便对刘国松高声喊:"刘教,医院到了,到医院了!刘教,到医院了。"

等车停稳,欧振杰打开车门跳下,另一名辅警梁二广与事先赶到的刘恩洪、杨云好合力把刘国松扶到欧振杰的背上,将刘国松背进急诊室,平放在移动担架上。欧振杰的警服被刘国松的鲜血浸湿了,刘恩洪和梁二广的手上和脸上也沾满了英雄的血痕。

"医生,医生!"

四人一边跑一边大喊,声音急促而震荡,惊动了医院。

人们的目光被吸引——四名身上染满血迹的民警抬着一名浑身是血的警察。慌张、害怕、惊悸、诧异,种种目光顿时充满了廊道,人们自动闪开,让刘恩洪、杨云好、欧振杰、梁二广等人快速通过。

接诊医生刘建华第一时间赶到，简单检查伤口后他立即做出职业反应——伤者已不能有一刻迟缓！

"处理伤口，马上。"

通过一系列检查。诊断结果："一、右胸部刀伤；二、右侧气胸并右侧胸腔大量积液；三、右肺部分肺不张；四、失血性休克。"

这些医学名词对外人都不足以产生紧张感，但在一个具有丰富经验的主治医生看来，如不及时送来医院，不及时采取措施就足以要了伤者的命！

无须会诊也无须讨论，刘建华医生的处理果断迅速而有效：包扎伤口，进行胸腔闭式引流术。

又是一组高深莫测的医学名词！包扎伤口普通人都能懂，但胸腔闭式引流术对普通人绝对是个陌生词汇，专业的解释就是伤者因为大量积液(血液)在体内因而导致呼吸困难，需要在右腋中线即第七和第八根肋骨之间切开一个口子，切开分离肌层直达胸腔，再往里边置入胸腔流管，固定后引出积血。简单的解释就是在伤者身体上打开两个口子放出体内淤血。

这是救命的一步。

根据人体科学数据，健康成人的血液量大约是个体体重的百分之八，如果体重50公斤，血液就约有4000毫升。刘国松也就60公斤左右的体重，流血、放血，加在一起等于流失全部血液量。

输血、输氧、穿刺、手术……

医生、护士们尽全力维持着一位警官的生命，虽然救命的第一步完成，医院在尽全力进行抢救，但他的生命，处在极度危险之中。

高新区医院虽尽全力，但医院治疗条件有限，最致命的是，库存血浆已经用完，刘建华建议立即把刘国松转到技术条件更成熟、治疗条件更好的市人民医院。

经过第一步抢救的刘国松被抬上救护车，转往市人民医院。医生、护士、刘恩洪、杨云好等人把刘国松推上救护车。

"兄弟，撑着，就到了。"刘恩洪一边推着平车一边安慰刘国松。

"我感觉很不好。"刘国松一直努力靠顽强意志支撑，不让自己昏迷过去。现在，他开始感觉不对劲，内腑翻江倒海，直想呕吐，他知道这是危险讯号。

"你会好的，你会好的！"刘恩洪紧握着刘国松的手，气喘吁吁地安慰道，他看着刘国松的双眼已被泪水浸满。刘国松想回答他的话，但没来得及说出口，"哇"的一声呕吐起来——这是最糟糕的状况！刘国松在心里默念道：哦，我……就这样了。他脑海中快速闪过一幅幅生活画面，儿时、少年、青年、中年，闪过最多的，是他的从警经历：

1964年2月4日出生在清远郊区的农村，是农村子弟。

1983年10月到1985年10月，就读于广州市人民警察学校。

1985年11月到1986年11月任职于清远县公安局。

1986年12月到1991年10月在龙塘派出所工作，其间于1989年11月与同事一起侦破一宗抢劫货车司机案；1990年11月侦破一起持枪抢劫摩托车案，荣获个人三等功一次。

1991年7月入党，成为一名光荣的中国共产党员。

1991年10月至1996年5月在南门派出所工作，其间以社区民警工作为主，预防打击相结合，多次被授予清城区政法系统先进个人称号。

1996年6月至2000年6月在下廓派出所工作，任副教导员，负责单位政治思想工作和社区民警以及扫除"黄、赌、毒"工作，其间全所民警和辅警未发生违纪违法行为。

2000年7月至2004年5月，在银盏温泉派出所工作，任所长，其间打掉两个长期盘踞在银盏温泉宾馆的黑恶团伙，为辖区创造了良好的治安环境，促进了新银盏度假区、嘉福工业园区等企业落户银盏。

2004年6月至2006年6月，在龙塘派出所工作，任派出所教导员，主管派出所政治思想工作和社区民警工作，其间全所民警和辅警未发生违纪违法行为。

2006年7月至2017年9月，在水上派出所工作，任所长，由于防范工作到位，任所长11年来辖区辖内治安状况良好。于2008年11月的一天晚上在打击偷渡河沙过程中经过仔细排查，抓获一名在逃杀人犯；又于2016年8月，通过查找尸源，协助惠州市公安局侦破一宗特大杀人案。水上派出所工作期间，每年处理无名尸体十六七件，每年拯救溺水者四至五名，同时为了工作需要，经过培训考取了全分局唯一一个潜水员资格证书。

2017年10月至今在百加派出所工作，任教导员，主管政治思想工作和巡逻防控工作，由于巡逻防控工作到位，辖区内刑事案件和治安警情大幅下降，其间全所民警未发生违纪违法行为。

在一幅幅从警生活画面快速闪烁的过程中，刘国松完全失去意识，昏迷过去。刘恩洪、杨云好、急诊医生、护士，见刘国松昏迷，心急如焚……

"兄弟，你要挺住，挺住啊！"刘恩洪精疲力竭，他和刘国松年纪相仿，突发状况加上一系列紧急行动让他气喘吁吁，边跑边伏身到刘国松身边呼喊，平时工作中结下的同事情、兄弟义，此时齐迸而出。他双眼含泪，令在场的所有人感动。

铁汉 12

"晓彤,看看你的粥好了没,锅里正煮着呢!"

刘国松正在医院接受医生们全力抢救、生命垂危的同一时刻,横荷街道岗头村刘国松家里显得非常平静。前一天告假在家休息的刘晓彤听到妈妈黄少妍吩咐后便走出里屋,她端庄、秀丽,很有江南水乡女孩子特有的气韵,同时又是一位善良并且孝顺的女孩子。她怕妈妈担心锅里的粥糊了,所以先回了她的话,其实自己还没有揭盖看呢!

黄少妍是个勤劳朴实的家庭主妇,她吩咐女儿看好锅里的粥后,便又放下手中杂物出门忙农活去了。刘晓彤来到炉前伸手去揭锅盖,滚热的盖帽把她的手指烫得钻心般疼痛,她尖声大喊:"妈——"却不见人影。她生气地把火给关了。然后在水龙头上冲了一会儿手,又吮了两下手指头,便从右边裤袋里掏出华为手机浏览网络新闻。

南方的十月,阳光暖人,轻风从江面吹过,带来一种迷人的清爽。江岸的村庄也像这平静的江面一样波澜不兴，与城市的喧闹纷繁截然不同。刘晓彤尽情享受着这一片宁静。

将近十一点钟，刘晓彤的手机铃声响起，是法制大队教导员关志刚打来的。关志刚是刘晓彤父亲的同事和朋友。刘晓彤目前是法制大队聘员。关志刚告诉她，自己正朝她家里赶，让刘晓彤不要出去。

刘晓彤心里纳闷，随口问道："现在，到我家来？"

"是。"关志刚低沉地答道。

关志刚在电话里说从医院往自己家里来，她心里不由犯起了嘀咕：是来看我的？我只是小毛病，这也不需要法制大队教导员亲自探望呀。冰雪一样聪明的刘晓彤怎么也想不明白公安分局的领导怎么忽然要来自己家。难道是来找我父亲的？可是父亲去上班了。难道是关于自己的工作安排？如果是安排工作，大可以在电话里说，不需要亲自登门，或者直接通知自己去分局。刘晓彤左思右想，始终没有想到自己工作中有什么失误之处。便静下心来告诫自己：别想了，来了不就知道了！

刘晓彤停止胡乱猜测，等着关志刚的到来。

车子急驶而到，首先从车上走下的是关志刚，紧接着另一名女警察也跟着下了车，见到刘晓彤，教导员关志刚十分焦急地说："晓彤，你妈妈呢？快叫她一起上车，随我到城里。"

刘晓彤看到他们火急火燎的样子心里不禁紧张起来，想弄明白到底出了什么事，可是关志刚不说，一个劲地催她"快走"；她转头看看同来的另一位女警，对方也不说什么，只对她点点头。刘晓彤不好再问。她打电话给她母亲，可手机里预置的回音是"您拨打的用户不在服务区"。她在门外拉长嗓子喊了几句也不见回应，想想炉头关了不会引发火灾，便按关志刚的吩咐和他一起上车进城。车子驶出村庄好一段路以后，关志刚和其他同事还没吭声，刘晓彤忍不住了："找我这么急有什么事？"

或许担心刘晓彤受不了，女警故意轻描淡写地说道："去医院。"

女警短短三个字的回答让刘晓彤的心一阵紧缩：去医院？无缘无故为什么要去医院？莫非……她不敢想，也不敢多问。她侧脸对着关志刚，嘴唇嗫嚅，眼神近乎哀求。

关志刚是个乐天派，有时也会拿一些较严肃的话题取乐，刘晓彤很熟悉他的个性。可是，今天他的表情这么凝重……

过了一会儿，关志刚面无表情地说："你爸处警负伤，现在正在医院！"

关志刚的回答酌情选字，他怕刘晓彤一下子接受不了，刻意去掉"抢救"两个字，刘晓彤转头看看同来的两位女同事，发现两人脸色严峻，心里不由咯噔一下，害怕起来，对关教导追问："我爸……他，只是一般的伤，不是很严重，是吗？"

关志刚回答她说："现在不知道。我们来接你就是让你第一时间赶到医院。"

听到这话，刘晓彤脑袋"嗡"地作响，好像被人掀开顶阳骨倾下冰雪水，关志刚的话让她感到自己的父亲……她喃喃地念道：爸爸负伤，马上就赶来家里通知她，第一时间接她去医院，而且还不告诉她爸爸伤得有多严重……刘晓彤忽然转身抓住女警的手："妈妈，我妈妈呢？要不要通知……妈妈？"说完，"哇"的一声哭倒在女警的怀里。

女警轻轻地拍着刘晓彤的肩膀安慰道："晓彤，别哭。我们只是让你第一时间赶到医院去，医院正在全力抢救，我们分局领导、市局领导，还有清城区领导都在，你爸爸一定不会有事的。

你一定要冷静。"

刘晓彤坐起身来，抹干眼泪，不再追问，怕问出什么更加糟糕的事情。她担心自己的脆弱，但是，自己已经通过清城区公安分局公务员招聘考试，即将成为一名警察，不能动不动就哭鼻子。

道路上车辆来来往往，行人匆匆，这些都没有引起刘晓彤的关注。爸爸负伤躺在病床上的阴影在她的脑海里挥之不去，她做了许多的努力平静心态，到最后还是反反复复：她从不把父亲和医院与病床联系起来。在她的印象中，父亲刘国松病了，顶多也就是喝水服药休息两天而已。她在心里安慰着自己：爸爸伤势也许并不那么严重，或许只是轻微伤；又或者关志刚和医生们都弄错了，爸爸根本就没受伤，他们全错了……错错错！

刘晓彤关注着教导员关志刚，他一直在专心致志开车，他的车速很快……这一切，似乎都在印证她心里坏的那一面：如果情况不是那么紧急，身为警察的关志刚为什么把车子开得那么急！

刘晓彤意识到：父亲的情况有可能非常严重。她不敢往下想了……汽车就在刘晓彤的胡思乱想中驶到了医院，刘晓彤在女警的引领下急步来到手术室门外。医院特殊的氛围和来苏儿气味让刘晓彤脚跟发软。她被告知，她爸爸刘国松正在进行手术抢救。清城公安分局局长欧建文、政委陈军、政工主任刘桂才等一众领导都焦急地等在门外。刘桂才来到刘晓彤跟前轻轻地说："晓彤，相信医生！现在的医学很发达，医学设备很先进，医生的医术水平很高。给你父亲做手术的胡宁东大夫是从湖南招聘的人才！"

听了刘桂才的话，刘晓彤默默地点了点头。不过，她的心又一次提到了嗓子眼：即将退休的刘桂才都来了，我爸是不是凶多吉少？他同自己说了一大堆医院和医生的好话是不是为了宽我的心？想到这里她不禁看了一眼刘桂才，想从他的眼里读出点关于父亲伤情的准确信息。这位经验老到的政工干部已经看出了刘晓彤的心思，为了解除刘晓彤的紧张，他若无其事地来到政委陈军的跟前说："政委，我去吸烟室吸支烟。"陈军轻轻地点了点头，同时也望了刘晓彤一眼。刘晓彤赶紧把自己的目光移往别处，脸色似乎也舒缓了许多。陈军曾听刘桂才汇报过这次新招人员刘晓彤的特点是观察能力较强、心思缜密而又敏感。看到刘桂才转去的背影，陈军不禁为这位老政工的经验和细心点赞：原来他是在用自己的行动缓解刘晓彤的压力！

刘晓彤悄悄走到父亲的同事——百加派出所民警杨云好身边，低声问道："好姐，这么多领导都来了，我爸爸，伤很重？"

杨云好把她揽到身前："具体情况还不清楚，要等医生们的结果，你快通知你妈妈，让她来。"杨云好轻轻地说，似乎怕惊动了手术室里的医生。

刘晓彤来到手术室的拐角拨打了妈妈的电话，告诉她：爸爸出了状况。

不过，她的语气变得很冷静，完全没有刚才在路上和在手术室门外那么紧张了。

13 转院

  政委陈军接到刘国松受伤的消息是在2018年10月19日上午10点钟,当时他刚刚参加完分局领导班子召开的例会。局长欧建文有几份紧急文件需要处理,匆匆地走了;他回办公室召集副局长钟国良、政工室主任刘桂才等同事商量"飓风行动"圆满完成后的宣传工作。陈军个子不高,与大家认知里的高大雄武的警察形象似乎有点儿距离,但是,他个性稳重,政治嗅觉敏锐,是抓警察队伍政治思想工作的一把好手。他父亲也是一名公安,虽然退休了心却一直牵挂着公安事业。他将自己多年的心得整理成一本厚厚的书然后传授给儿子,希望儿子发扬光大。

  陈军正在给大家分配任务,办公台上的电话铃响,副局长钟国良走过去帮他接听电话。虽然仍在商讨工作,但,那边钟国良接电话时渐渐蹙紧的眉头和通话中透露的"处警、刺伤、送院"等字眼让陈军听出了个大概,他和同事们的心渐渐揪住。

"详细说说情况。"见钟国良放下电话过来,陈军立刻中断讨论问他。

"上午9点来钟,我百加派出所教导员刘国松率警员处警过程中被歹徒持匕首刺伤胸部,伤势较重,送往就近的高新区医院进行抢救……目前,歹徒已被抓获。"钟国良沉重地汇报。

"刺伤胸部、伤势较重……为什么不送市人民医院?那里条件更好!"陈军第一时间作出反应。

钟国良解释道:"或许是高新区医院离案发地点最近,所以他们先送往那儿。"

陈军思索了一会儿,马上安排道:"分头行动。你们马上联系高新区医院,务必安排最好的医生和设备确保刘教的生命安全,并向市公安局、区委、区政府汇报,同时,负责通知家属。我来联系市人民医院,做好急救准备,组织转院。"回头又对参会的刘桂才主任说:"我们立即赶去市人民医院!"

14 绿色通道

市人民医院急诊室。

外科大夫胡宁东刚刚做完一台手术，他摘下口罩、除去手套，双手伸入水龙头下慢慢冲洗，刚擦干手，院长周海波的电话打了进来："清远公安局清城分局百加派出所教导员刘国松与歹徒搏斗受刀伤，情况严重，正从高新区医院转来这里，要马上进行手术。看来得辛苦你了！"

胡宁东回道："好。我马上准备。"

"他在高新区医院只做了简单的处理，我们要打开绿色通道。"周海波吩咐。

胡宁东二话不说，挂了电话便急步到第二手术室等候。医生、护士严阵以待，等候伤者到来。医院绿色通道已经打开，不必办理入院手续，不必登录电脑系统，手术室、药房和后勤全体进入临战状态，整个医院在周海波的调遣下紧张有序地运作着，所有的一切都是为了拯救一个英雄的生命。

胡宁东吩咐检查呼吸设备和其他仪器，一名护士向他报告："手术室已经准备好，助手、护理都配备好了。"

院长周海波也赶到了手术室，他提醒道："清城分局、市公安局、区委、区政府的领导都来了电话，他们要求一定要尽全力把刘国松救过来。"

胡宁东望着院长的眼睛充满自信地说："院长放心，我会尽最大努力，我知道该怎么做。"他没有做"绝对医好"的承诺，多年来的临床经验和医学规范让他只能这么回答，但是，周海波已经从他的眼中读懂了一切。

刘恩洪、杨云好和高新区医院的医生护士们用最快的速度把刘国松护送到市人民医院，并推入手术室。

"医生，把他救回来。"临进手术室，刘恩洪哀求胡宁东道。

胡宁东隔着口罩说："你放心，我会尽最大努力。"

刘国松被推进手术室，手术室门关上。

欧建文、陈军和刘桂才等人随后赶到，他们着急地问："怎么样了？"

"正在手术。"刘恩洪眼睛发红地回答。陈军轻轻地拍了拍他的肩膀以示安慰。政工主任刘桂才和杨云好等人默然不语。

15 此心照月

黄少妍干完农活回家，以为女儿把粥吃了，回家一看，女儿不见影踪，锅里的粥也一点没动，黄少妍不禁有点生气：在家不好好休息只知道玩，已经通过公务员考试只差两个月就要工作了，却还像个小孩子，一点也不让人省心。

她嘴上唠叨着，心想着女儿回来该怎样数落她。正想着，女儿打来电话。

还没让她数落，女儿低沉地说："妈妈……"

黄少妍的心忽然软了下来，想责备女儿的想法早就抛到了九霄云外，她不无担心地问："你在哪里？是谁欺负你了？"

刘晓彤强忍着眼泪抽搐着："不是，是老爸，老爸正在医院……他在出警时受了伤，现在正在抢救！"

"你胡说什么，谁在医院？"黄少妍在电话那头大声吼道。

"妈妈，你别急。是爸爸，受伤，正在医院抢救……"刘晓彤尽量忍住自己的眼泪。

"抢救？"女儿电话里的哭声登时让黄少妍站立不稳，双眼发黑，但她还是不相信这个电话。

通信讯号不强，女儿断断续续的语句让她乱了分寸，等确定电话内容，她跌跌撞撞跑出屋，找来侄儿，让他驾车把自己送往医院。赶到医院，看到丈夫的领导和同事都在手术室门口走廊里等候。见到她，欧建文、陈军、刘桂才、刘润彩、杨云好等人围了过来，轻言抚慰。黄少妍这时候反倒平静了，她擦干眼泪，向陈军询问丈夫伤情。

"手术还在进行，大家都不知道。"怕她担心，陈军安慰她道，"嫂子，医院最好的外科大夫在为他做手术。"

刘国松的亲戚们闻讯陆续赶来。手术室门外，大家都不敢吭声，生怕自己一出声就会惊着里面的医生和病人。手术室内，院长周海波和主治医生胡宁东正对刘国松进行紧张有序的手术抢救。打过麻醉剂，胡宁东将刘国松身体左侧卧，垫高腋部，在刘国松前胸右侧前缘切开一道口子，用血液回收吸引器清理干净刘国松胸腔内血性积液以及凝血块，修补缝合肺部裂伤，又做了止血处理……

从这一连串的手术过程可以看出，刘国松的生命已处在十分危险之中，如果救治不及时，刘国松有可能永远醒不过来，就如他被推进手术室还没有完全失去意识之前想的那样：哦，我就这样了。

众人焦急等待了两个多小时，手术室门终于打开。周海波院长走出手术室，摘下口罩。

陈军第一个走上前问："周院长，情况怎么样？"

周海波说："手术做完,暂时解除生命危险,但仍处在危险当中,仍需要观察,看看今晚情况,今晚很重要。"

"有需要我们配合的尽管说。"陈军很希望能在这个时候为刘国松做些什么。

"你们什么也不用做。病人现在最需要的是安静。"胡宁东走出手术室对陈军解释道,"伤者胸廓动脉血管被刺穿,出血量约4500毫升,几乎是人体的全部血液,就是说他体内血液已经流光,抢救医治的止血、输血过程就等于将他身上的血液重新换过。而且,由于肺部也被刺穿,情况非常严重,说真的,如再晚一点送来,哪怕是迟缓一分钟,他的生命可能也就永远交代了。"

看到黄少妍一脸愁云时,胡宁东忽又安慰说:"不过手术很成功!"

胡大夫说得有些动情,两眼闪着泪花。以医生惯见生死的职业,他的动情有点出乎众人意料。他怕众人看到他的样子,转身走开了,但并没有走远,而是在另一侧走廊的长椅上坐着,为一个挣扎在伤痛中警察的生命而祈祷。

父亲做完手术后,刘晓彤对在场的领导和同事说:"大家请回吧。多谢你们的关怀,我和妈妈会照顾爸爸。别耽搁你们太多时间,等他醒了我再转告大家。"

"好好看护你爸。有什么危急的情况随时打电话给我或者陈政委。有我们的手机号码吗?"欧建文局长吩咐刘晓彤。

刘晓彤很识大体地微微鞠躬道:"我有您和陈政委的电话。"

"谢谢!"黄少妍跟在女儿的背后说,她不太习惯这种场合。

欧建文告别黄少妍和刘晓彤,离开医院。陈军、刘桂才、刘润彩仍留在医院等刘国松出手术室。

刘晓彤轻脚走到胡宁东大夫跟前,说:"谢谢你,大夫。谢谢你救了我爸的命。"

胡宁东抬起头来说:"医生救人性命是天职,每一个手术我们都会竭尽全力,今天为一名警察做手术我尤感自豪——我做过很多手术,坦白地说,心中很少有救死扶伤的荣誉感,今天却不一样,好像自己也成了英雄。"

胡宁东说完,连自己都觉得奇怪:为什么要对晚辈述说心迹?

刘晓彤默不作声,认真听着。

胡宁东侧身对她说:"你一定奇怪我为什么有这个感觉。"

刘晓彤点点头,适才她还想开口询问。

"虽说医生救命是天职,但你不知道,我憎恶那些好勇斗狠导致头破血流的混混,讨厌那些不遵循交通法规发生车祸被送到这里的人。每次为他们做手术或面对他们残躯的时候,我都难有荣誉之感。虽然术后他们也致谢,但,我很难接受。曾经有个小伙子,因为一丁点小事打架被打破脾脏,治疗期间仍念念不忘要找对方报仇……我把他治好后,他来谢我,我没理他,我很认真地对他说:如果他找对方报仇再被打坏我还再为他做手术!听了我的话,这小伙子顿悟了,向我保证今后再也不犯浑。看到他诚恳的样子我相信了他,也主动和他握手,并告诉他:我愿意和他交个朋友。"

胡宁东大夫的故事也让刘晓彤明白了许多道理,也理解了他刚才为什么如此动情。

刘晓彤没想到,胡大夫会以这种高度看待和救护父亲,她承认,胡大夫的思想境界要比自己高。刘晓彤怀着对胡大夫的感激和敬仰之情,说:"大夫,谢谢你,你给我上了很好的一堂课。"

手术后,刘国松被推进重症观察室。刘晓彤来到门口时,正遇到母亲黄少妍透过玻璃往里看。在这个勤劳朴实的家庭主妇眼里，丈夫是她的天是她的地，丈夫是她生命中的一切。如今刘国松手术后留置在重症室，她简直不敢想象：如果丈夫真的就这么走了，那意味着她的天塌了，她的地陷了，她的一切都没了。她看着重病中的丈夫暗自垂泪。刘晓彤双手扶着母亲的肩头，静静地看着躺在床上，身体连接各种救治仪器的父亲。

"爸爸能醒过来吗？"刘晓彤声音很弱，似乎害怕被父亲听到。虽说手术很成功，但父亲并没有脱离危险期，还需要进行观察。妈妈对她的话不置可否。刘晓彤一时无言，将头靠在妈妈的肩头一动不动。

"医生说，他们把爸爸身上的血全部换了一遍。"过了半个钟左右，刘晓彤看到母亲站得太累了，便扶她坐在门口的椅子上轻声说。

黄少妍答非所问地说："他就喜欢当警察。等他醒来，我要告诉他喜欢当警察是一回事，干得干不了是另一回事。毕竟年纪大了。"

"等他醒来，您千万别同他说这些。他的脾气您知道，搞不好两个人又要争吵一场。"刘晓彤说着，双手搂住母亲的脖子。

母女俩就这样在静谧的环境下相互依靠，彼此安慰。当她看到母亲疲惫地斜躺在座椅上小睡时，便脱下自己的外套披在她的身上，自己则又轻脚走到父亲重症室的观察窗口关注父亲的病情。口鼻罩着呼吸器的父亲，脸色苍白无血却又显得那样的平静——他的确需要休息了。刘晓彤心里想象着父亲与歹徒搏斗的情景，她不敢想象几乎夺走他生命的刀子是如何刺入他的身体的。

黄少妍十分警觉，女儿给她盖衣服的当口她便醒了，她也随女儿再次来到窗口注视着丈夫，脑海里忽然浮起一件陈年往事。

2004年,黄少妍去广州华侨医院检查,发现自己身患恶性肿瘤。第二天必须进行手术,医院通知丈夫签字,他却无法赶到。因为他正好被抽调到飞来寺重建开光工地做保卫工作,无法抽身。黄少妍绝望至极:自己身体被查出恶性病变,需要丈夫在身边陪伴、抚慰,他却好,连签名都让别人替代。虽说后来是误诊,丈夫完成飞来寺重建开光保卫工作后也第一时间赶到医院,并送给她一块开光玉佛逗她开心,可自己当时最需要的是丈夫的陪伴呀!在自己最脆弱无助的时候,他却不在身边!

母女俩各自想着自己的心事,不知不觉在重症室门外的椅子上睡着了。子夜时分,胡宁东和护士进来查房,发现她们蜷缩在椅子上,怕她们娘俩冻感冒,便吩咐护士等下领她们到护士站休息。护士换了新的输液瓶,胡宁东翻开刘国松的眼皮看了看,露出了满意的笑容。他走出重症室,来到黄少妍母女身旁,安慰道:"嫂子,你同晓彤去睡会儿吧,这里有护士呢。刘教的生命力十分顽强,生命体征已经恢复正常。明天可以转出重症室。你们可以进病房看他了。"

16 战友情深

凌晨五点。

客厅灯火依然通明。陈军昨夜整夜没睡,今朝也丝毫没有倦意。他在客厅里来回踱步,思绪仍然停留在刘国松身上,脑海一直被处置、擒拿凶犯、负伤、生命、手术、抢救等词汇塞满。

记得自己从警前夜,父亲以一位老公安的身份告诉他:警察在普通民众眼中是高尚而威武的职业。然而高尚、威武的背后,你必须承担比一般人要高得多的种种风险。有权力的风险,往往一失足成千古恨;有职业的风险,要与各种各样犯罪行为作斗争;有损害亲情的风险,他会比常人陪伴家人时间更少;有耽误子女的风险,不能像其他人一样对子女进行学习和成长的指导。但是,陈军还是选择了从警,选择了和父亲一样的职业——联想到刘国松受伤的情景,他更感觉到自己肩上的担子不小!

今天,他不想睡了——他来到卫生间洗了一把脸,又坐到电脑前,打开社区网络,查看社区网络与舆情。

一位叫"0207"的网友留言——

今天,又有一位警察在与歹徒搏斗中负伤,祝愿他能早日康复。

一位叫"何美"的网友留言——

哪有什么岁月静好,只是有人在为我们负重前行。

一位叫"羊佬"的网友留言——

看到这则新闻:警察勇斗歹徒负伤,被抢救,终于脱离危险……说实话面对明晃晃的尖刀我不敢,但警察们敢,这是职业赋予他们的勇气,他们也必须要有这样的勇气,如此,才能保护民众。

一位叫"水漫庭"的网友留言——

如果有需要,我愿意为他的康复尽自己绵薄之力。

一位叫"水罗来才"的网友留言——

人都会有畏惧之心,什么人敢直面近30厘米长的刀子?和平时期,我想也只有警察了,这位警察是清城人的骄傲,是警察中的英雄。

一条条的网络热语和点赞让陈军心头暖意融融，群众对刘国松的崇拜让他感动！

　　陈军端坐在电脑台前凝思静想的时候，城郊散元村，一位中年妇女同样夜不成寐。她为刘国松祈祷的同时，许多的往事一一浮现在她的脑海——虽然已有时日，但这些记忆犹如河床的石头越冲刷越坚硬。她是清城区公安分局已故民警欧灿强的遗孀王慧花，当她得知刘国松的经历之后，整个白天和夜晚，她的心是惧怕的、担心的，刘国松与她丈夫当年的情形太像：接警、处置案情、擒凶、负伤、抢救、死亡……

　　最终，她丈夫欧灿强没能再回到家里，没能再回来抱抱出生不久的儿子；没能再回来安慰自己，给自己煮点好吃的；没能再回来孝敬年长的父母……他的生命，永远终止在那次出警行动中。

　　欧灿强，1997年毕业于湛江警察学校，是清远市建市后的第一批特警。他思想进步，从警不久后就加入了中国共产党，并成了一名光荣的党员。2007年2月7日这天，欧灿强本来在家休息，但单位人手少，接到警情，他二话没说就去了。在处警现场与歹徒搏斗中被歹徒用凶器击伤大脑，送源潭医院抢救，但没能救过来。王慧花一直不愿相信丈夫已经离去，他只是活在另一个世界，依然看着也护佑着她和儿子、家人，护佑着清城——这片他热爱的土地。

　　人死后能不能化成魂灵保佑他生前的至亲至爱？能不能保佑家人事事顺心没有曲折坎坷？能不能让亲人们在遇到困难和危险时逢凶化吉？以科学的角度看，这是子虚乌有的事。但人们却坚持这样认为，坚持这样祈祷，其实没有别的，只是在寄托哀思！

　　王慧花不信鬼神，但她在心里默默为刘国松祈祷：你会好起来的，不会让亲人伤心和流泪的！她最能体会警察家属听到这些消息后的那种担心和害怕，深知警察有能力和勇气抓捕凶犯惩治罪恶但没有能力拯救自己和同事的性命。警察不是金刚之身，他们也会痛也会怕，匕首能刺穿他们的身体，中弹了他们也会倒下，但职责所在，他们唯有义无反顾，不能后退，唯有向前、向前。

王慧花清晰地记得丈夫牺牲那一天的情景：刹那间，世界陷入了黑暗。她祈祷刘国松家人不再有她的这种遭遇，祈祷刘国松能平安，能康复。

早上七点。陈军还是没有一丝睡意。他调来清远公安局清城分局任政委前一直在市公安局任职，而分局局长欧建文也在市局督察支队任支队长。岗位调动的通知一发，两个老搭档又处在同一屋檐下，不知有多高兴！任职清城分局政委后，他利用三个月的时间到基层派出所调研，到所辖社区考察，到当地群众中走访，到工厂、农村了解，结合上级指示，提出了"严管队伍"与"文化育警""文化兴警""文化强警"相结合的理念。他的理念在班子会上一提出，就得到了局长欧建文的力挺！分局"文化育警""文化强警"的系列方案和措施不仅得到了区委、区政府的表彰，而且得到了市委宣传部和市公安局领导的首肯！昨天刘国松面对犯罪嫌疑人的英雄壮举，不是偶然的，不是突发奇想，而是思想政治工作在民警队伍中，文化建设在民警队伍中所起作用的直接结果！局长欧建文经过周密研究，决定从创新理念、服务好群众、队伍思想建设、保障城市发展、借鉴经验和科技应用几个方面入手，既抓业务又抓队伍，大兴警务文化，经过两年时间努力，收到很好的效果。荣誉室的成立就是"文化育警""文化兴警""文化强警"的措施之一。把新中国成立以来历年为人民利益而牺牲的烈士遗像和感人事迹悬挂在荣誉室，每当组织重大活动或者逢年过节，警员们都到这里来缅怀英雄，来学习先进，从而勉励自己。另外，局里也成立了许多兴趣班，诸如摄影、美术、书法、舞蹈、文学等，让大家在学习中陶冶自己的情操。同时开展多种比赛活动，让大家随时看到自己的成就。

陈军心潮起伏，决心不让英雄事迹淹没和消沉。于是又打开电脑写下了这篇纪实散文——《百加派出所教导员刘国松负伤急救侧记》

2018年10月19日，星期天，晴

对于绝大多数人来说，这是一个普通得不能再普通的日子。就是在这样一个日子里，我如此近距离地接近了生死时速，见证了劫后余生，整个过程如此真实。即使当了二十几年警察，我依然为之动容，那种震撼内心的感觉将会一辈子铭刻在我心底。

10月19日上午10点钟，我与几个同事正在分局交流工作，其中一位同事接到电话，看着他逐渐凝重的表情，听到他在电话交谈当中冒出的"处警、负伤……"等词语，大家的心不由得揪起来。放下电话，同事简短通报了情况：上午9点来钟，百加派出所教导员刘国松在处警过程中被歹徒持刀刺伤胸部，伤势不明，出血较多，正在送往高新区医院抢救，歹徒已被抓获……

获悉消息，大家来不及问事情细节，立即分头行动起来，马上组织转院到市人民医院抢救，联系市人民医院启动绿色通道，做好应急的一切准备，政工和分管领导立即赶赴现场和医院协助处理。

10时许，经过高新区医院简单处置之后，刘教被紧急送转往市人民医院，这时市人民医院已经做好急救准备，分局领导也赶到了市人民医院急诊室。经过初步诊断，刘教是被刀刺伤胸部，大量失血，初步评估失血已达3500毫升，仍在不断出血，情况万分危急，必须马上进行手术抢救。急诊科离手术室有近千米距离，刘教的伤口还在不断涌出鲜血，这个时候哪怕耽误一分钟都会对刘教的生命造成巨大威胁，急诊科的医生护士和派出所同事二话不说抬着担架向前方手术室奔去。分局政工的同事穿着制服，这个时候也顾不上和颜悦色了，在前面开路，大声呼喊着疏通前方人群，一路飞奔下，终于用最短的时间将刘教送入手术室，手术立即进行。这时家属也赶到了医院，大家陷入焦急等待当中。

11时15分，我正在手术室走廊里来回踱着，突然看见市人民医院周院长急匆匆地走了过来，来不及寒暄，他神情凝重，简单跟我说了一句"伤员出血太多，失血性休克，我们会尽力……"然后立即进入手术室。望着缓缓关上的手术室门，我静静地呆立了几秒钟：这里可是市里最权威的医学机构啊，如此严阵以待，情况到底已恶化到什么程度了呢？我不敢想下去，胸口顿时像压上了一块巨大的石头，堵得慌。

这个信息要不要告诉家属呢？我自己心里权衡了一阵：他们对情况不了解，而且已经担负了巨大的心理压力，这个时候再把这个不那么理想的信息告诉他们，只能徒增他们的压力，还是再等等看吧，希望吉人天相……于是我只是告诉家属,院长已经亲自组织抢救了,会尽力的,希望他们放宽心。说完这些,我默默地走到窗边,静静地等着,心里七上八下的,我是共产党员,不信鬼神,但心里仍然在不断地祈祷刘教能够大步跨过这个坎。

  时间在难熬的等待中一分一秒地过去,手术室门终于开了,护士出来大声地叫着:"刘国松家属在吗?"我的心一下子提了起来,家属们已经聚到手术室门口,我也急急忙忙跑了过去,周院长穿着手术工服在手术室门口站着,从表情上看不出喜怒哀乐来,等大家聚齐后,院长声调平稳地描述了一下情况,"手术很成功,血止住了""失血估计超过5000毫升""失血过多造成休克,目前伤者还在昏迷中,后续恢复情况有待观察",最重要的一句话是"命保住了……"。简单的交代后,周院长返回了手术室。家属们围拢一圈,由于他们对刘教之前的凶险情况并不十分了解,所以对周院长说的内容没有很直观的感受,直到现在才了解到原来伤势这么重,因此气氛并没有轻松。反倒是我,站在手术室门口深深地喘了一大口气,胸口的大石刹那间轻了一大半,谢天谢地,真是大步跨过了。

  时至中午一点钟,简单地扒了几口饭后,在场的同事们开始一边商量着后续的工作,一边等着刘教出手术室。其间,主刀手术的心胸外科胡主任又再次来到手术室门口,详细地向家属和单位介绍了抢救情况:刀伤位于胸腔右部,凶器从右胸刺入,刺穿胸腔后切断了位于胸腔内的大动脉,进入右肺。由于被刺穿的大动脉紧靠心脏,鲜血一直像喷泉一样不断喷涌,输血的速度根本赶不上失血的速度,血压接近零,输血也于事无补,仅仅能够维持生命而已。最终通过手术,找到被刺断的大动脉,缝合止血才最终稳定住伤势,到抢救结束的时候,伤员失血总量超过7000毫升。为了更直观地向家属解释情况,医生们专门端出了手术期间流失的血液,满满一盆,还只是一部分,鲜红得刺眼!

7000毫升啊,正常成年人全身的血液也不过是5000毫升……听着医生的介绍,我再一次出了一身冷汗,心里默念了无数次"万幸"!普普通通的一次处警,我们居然就经历了一次生离死别的考验!

后续的治疗经过紧张而有序:出手术室,进ICU,当晚恢复知觉,几天后转普通病房……当我再次走进刘教病房,看到刘教一天比一天好的精气神,看到家属脸上慢慢恢复的笑容,窗外阳光依旧明媚,一切都慢慢步入正常。我不由得一阵恍惚,回想抢救当天的情景,仿佛就发生在昨天,那么清晰可见,让人感叹生命原来这么脆弱,活着原来那么美好;同时又仿佛不是那么真实,时过境迁后,当时的生死时速,当时的命悬一线,好像只是在电影场景中出现过一般,离现实生活那么遥不可及。刘教的伤口依然疼痛难忍,家属们细心照顾着他,不停地忙碌着。也许只有经历过生死,才能够理解亲人在家才完整的意义,才能够体会到原来平凡日子中与家人的团聚是那么弥足珍贵，让人倍感珍惜。

在这次抢救过程中，有几个场景让我感触特别深：

一、家属的坚强和对公安工作的支持让人感动。抢救过程中，家属面临巨大的心理压力，但是在面对单位同事时，始终表示"这个是分内工作""给单位添麻烦了"，刘教家属的坚强和大度，真真实实地体现了一直以来公安民警和辅警的家属对公安工作的理解和支持，正是有了广大家属的支持，公安队伍才能够保持平稳有序的运转，公安工作才能够确保落实到位。

二、医疗机构尽一切努力救死扶伤的精神令人敬佩。从刘教受伤到抢救成功，中间得到了太多帮助，这里面有上级领导的关心，有医院专家的职业守护，有医护人员的尽职尽责，特别是面对生命垂危的病人时绝不放弃的信心与勇气，从急诊室到手术室那百米冲刺般的奔跑……正是由于各方没有任何耽搁，全力以赴抢救，才有了刘教的转危为安，才有了现在的劫后余生。

三、以刘教为代表的千千万万普普通通的基层公安民警、辅警的付出和牺牲令人动容。"我是所里领导，就算不是我值班，重要的警情我也肯定要亲自上……"

刘教醒来后回忆起当时的情形，没有任何后悔，还是这样斩钉截铁地说。看着他黝黑的脸庞，我心底最柔软的地方确确实实被触动了。要知道刘教已经54岁了，依然坚守在公安第一线，面对危险没有退缩，依然带头冲上去。这次处警中，辅警梁二广也受了轻微伤,他对我说:"我后面没人了,如果我不拦住他,就让他跑掉了……"没有任何豪言壮语,朴素的语言蕴含着巨大的力量,要知道当这个年轻的小伙子这样做的时候,面对的是疯狂歹徒手中已经被鲜血染红的尖刀,迎上去就意味着可能流血牺牲,但是一旦退缩就会让红了眼的歹徒冲入人群中去。个人安危与职责所在的抉择就在这一瞬间,辅警梁二广将个人安危置之度外,勇敢地冲了上去。基层公安,像刘教、小梁这样的人很多,当警力不足时,哪怕年纪再大也还得要坚持岗位,只为守护一方平安。

  2018年10月,对全国公安机关来说是黑色10月。安徽合肥民警张雪松被持刀歹徒刺伤肺部后仍死死抓住歹徒不放手最终倒在血泊中;上海铁路公安民警张欣劳累过度在病床上完成了最后一次敬礼,永远闭上了双眼;浙江台州民警颜曰春为了解救被劫持人质被歹徒车辆拖行200米后头部被撞牺牲;江苏如皋辅警沈银亮协助处警过程中被持刀歹徒袭击,抢救无效殉职……"赤心战魍魉,年损四百人。巍巍烈士陵,一日一新坟",和平年代,全国公安民警年牺牲300余人,因公负伤、积劳成疾者数量太多难以统计,可以说是时时有流血、日日有牺牲,正是有了千千万万基层公安民警、辅警的坚守与付出,才有了国家的长治久安,才有了人民的安居乐业。

  现在记录下这个过程,并不是为了彰显警察的高大,而是为了记录我从警生涯当中一个珍贵的片段,一次震撼自己内心的洗礼。亲爱的战友,亲爱的兄弟，我们头顶国徽，守土尽责，必然要直面罪恶，保家卫国，哪怕是面对明晃晃的尖刀也不能退缩，因为这是我们的职责所在，是我们从警誓词的庄严承诺，我们必将尽职履责，做人民的庇护者，做平安的保护神。但从内心上来说，我不愿意再写下这样的记录，不愿意再为了这样的情形向上级申请功模奖励，我只愿我的战友兄弟们都能平平安安归来，向家人报一声平安，与亲朋好友欢聚，仅此而已！

（2018年10月30日记于清城）

陈军的这篇纪实散文很快就在《清远日报》发表了，后来又被南方网、金羊网等十多家媒体转载。陈军是刘国松的上级，是刘国松抢救过程中的亲历者，他怀着对刘国松的真挚情感，以充战友和兄弟的视角，高度赞颂了刘国松……

心中有话　17

数天以后，刘国松状况稳定下来，从重症病房转到普通病房。

陈仲宝得到消息，下班后来到一家花店，买了一个花篮，然后驱车前往市人民医院看望自己的师傅刘国松。在重症室时陈仲宝去看过刘国松，但他的家人都在，他仅仅隔着玻璃窗看了一眼就离开了。今天教导员转到了普通病房说明身体恢复得不错，可以直接进病房探望，而且可以谈话了。

陈仲宝来到病房的时候恰巧护士刚给刘国松换好药，他的妻子赶回乡下去给他熬鸡汤，室里没有其他人。看到陈仲宝手中的花篮，刘国松欠起身子说："来就来，还破费干吗。"

"刘教，你该叫上我的。"陈仲宝什么也不说拉过一把椅子坐下，开门见山地埋怨起来——这是他最迫切要说的：之前他没机会说，现在刘国松已经基本恢复，他可以把心里想的说出来了。

"别耿耿于怀好不好？这样对你是沉重的心理负担。我是所里领导，重大警情我得在前面。"刘国松轻描淡写地说。

"我是觉得，如果我也去了，力量会大点。"陈仲宝辩解道。

刘国松笑了笑，说："你前一晚刚处理完一宗盗窃案，快四点钟才睡下，我想让你多休息一下，所以没叫你，况且有欧振杰、梁二广几个在，人手也够。他们很了不起，表现不错。我负伤后，梁二广把歹徒摁倒，大家合力把犯罪嫌疑人抓住。"

"我总为这个感到不安，我是派出所最年轻的警员，应该和你一起。幸亏你恢复得好，不然……"陈仲宝说着，把椅子往床边靠了靠。

刘国松越来越喜欢这个诚实的年轻人，有话直说，不拐弯抹角，有时工作中虽然犯些小错，但很能虚心接受批评。

"我希望你能答应我一件事。"刘国松郑重地说。

"说，刘教，什么事？"陈仲宝目不转睛地看着刘国松。只要他能做到的，无论是公事还是私事他都会去做。

刘国松十分认真地说道："关于你没能和我一起处警的事，今天谈过以后，不许再提，能做到？"

刘国松想让陈仲宝放下包袱，轻装上阵，但，陈仲宝有些不太理解。刘国松看向天花板，沉思着说："当被送到这里的路上，我感觉血快流光了，裤腿袜子全湿了，身体特别虚弱，心想自己很可能会死掉。当时想了很多很多，一些早已忘记的画面忽然从自己脑海中闪过，特别是从警的工作和生活。那场景就像是总结，也像告别，人要死的时候是不是这样，我不知道，只知道有很多事没来得及做，很多人没来得及打招呼。"

刘国松说到这里，脸上绽开了笑容，他的笑感染了陈仲宝。

"没有人能未卜先知，也没有人能保证每次处警都可以平安无事，这就是警察工作的特性。你想，如果警员都把负伤怪罪于谁没和自己一起出警，那警察的活就没人愿意干了。你说，是不是这个道理？"刘国松微笑道，"你帮我把床头柜上的凉开水端给我，我有点渴了。"

陈仲宝拿过杯子，并从开水瓶里兑了点热开水给刘国松，说："刘教，每次和你谈生活谈工作都能有收获，你的话我记住了。"

"还耿耿于怀吗？"刘国松喝了口水说。

"再耿耿于怀我就成了小心眼的人了。"陈仲宝得以解开心结，脸色变得明朗起来，起身帮刘国松把水杯放回床头柜上，"刘教，别忘了我还和你有约的。"

刘国松一下子没能反应过来："有约？"

陈仲宝开心道："你忘了，上次你请我吃饭，我们可说好约个时间喝个痛快的。记得？"

能聊别的话题，证明陈仲宝的心结已经解除，因此，他的"有约"的话让刘国松发自内心的高兴。但笑容牵动伤口，疼痛立刻让他皱眉、咧嘴，陈仲宝被刘国松这个疼痛表情给逗乐了。刚想继续和刘国松逗嘴两句，欧建文、陈军等人一齐敲门走了进来。

陈军笑道："聊什么哪，你看把刘教都笑疼了。我们在窗口全看到了。"

刘国松欠了欠身子想坐起身，欧建文、陈军双双伸手劝阻他躺下。看到分局领导都来探视刘国松，陈仲宝便与众人打过招呼后离开了医院。他的心情舒畅了许多，刘国松帮他搬开了一块压在他心上的重石。确实，刘国松负伤，他还真有点寝食难安，真有点愧疚之感，但现在，他心里轻松多了。

迈着轻快的脚步，陈仲宝抬头眺望着远方，长长地舒了口气。

不久后，由于工作出色，陈仲宝调任小市派出所教导员，也成了一名政治思想工作者。离开百加派出所前的那天晚上，陈仲宝践行了与刘国松的约言，到刘国松家里开怀畅饮，谈了很多掏心的话，谈工作、谈生活、谈未来，刘国松勉励陈仲宝在新岗位努力工作干出成绩……

一直谈到深夜。只是，两人用饮料代替了酒。

设伏赢之城

18

2018年11月中旬。刘国松已经康复出院。他的事迹经过新闻媒体报道，立刻在当地引起了巨大反响。有三名传记记者也慕名而来，要采访刘国松。他们上午来到百加派出所，正好遇上刘国松去社区联系派出所民警与居委会职工组织篮球比赛。获知他们的来意后，刘国松趁机溜了出来，他不愿意接受采访。后来，记者们找到市委宣传部有关领导，通过宣传部与市公安局政治处主任谢先清协调，刘国松才出来会见记者。说起不愿意接受采访的原因，刘国松饱含深情地说："我们是警察，任何为保一方平安的付出都是我们的职责！"

他讲了个故事，听完后，大家更增添了对警察的钦佩！

故事发生在2015年，地点是赢之城！

说起赢之城，清远市的人没有一个人不知道，几乎没有一个人没有去过或在这里消费过。二十世纪九十年代中期，那时候清远市的发展与周边发达地区相比还有较大的差距。清远城区的建设水平还相当落后，现代化设施匮乏，市政府周围也十分空旷。为了发展经济，改变城市面貌，当时的市政府采取招商引资的方式，引进深圳三家公司共同投资，在市政府西侧一百多亩的空旷地面上盖起了一座类似于客家围屋的商业城堡，叫赢之城。

赢之城地理位置十分优越：东边和北边连着市政府办公大楼，西边紧挨连江路，南边靠着人民路，这两条街道是清远城区最繁华的街道。人民路往西是北上阳山、连州、连南、连山和湖南、湖北的必由之路；人民路往东是前往英德、佛冈的捷径；连江路南连广州、佛山、深圳的高速公路；北与跨江大桥紧密相连。赢之城里商业服务功能齐备：一楼周遭是清一色的百货门店，卖服装的，卖鞋袜的，卖衣帽和床上用品的应有尽有；一楼里面的商店经营饮食和玩具，各地山货和干货，ＩＴ产品和玩具店琳琅满目；二楼是休闲的场所，影院、发廊、理疗店、健身房一应俱全……这里可以说是整个清远商业领域的缩影，清远经济丰、歉年的晴雨表。

不管批发抑或零售，大家都喜欢到这里来消费。不仅因为这里商品品种齐全，更主要的是这里停车十分方便。赢之城的四周都可以停车，特别是南边靠人民路的一面，一次性可以停泊上百辆小车。每到夜晚，有事没事，买不买东西，人们都喜欢到这里消磨时光，逛商场观橱窗，约三五知己摆龙门阵，或者纯粹来这里显摆——让人欣赏自己穿戴的名牌衣、表，让人欣赏自己从法国或香港采购的化妆品，让人欣赏自己新购的豪车……因此，停在这里的豪车也成了一些犯罪嫌疑人的目标。许多盗窃车辆的团伙就专盯这里下手。他们组织严密，流窜作案，行踪不定，反侦查能力强,很难抓捕。这里成了车辆盗抢案的重灾区。

如何迅速摧毁这个犯罪团伙,成了清远市公安局清城分局领导的一块心病!赢之城属光明派出所管辖,分局领导叫来刚从巡警大队调入光明派出所任副所长的崔伟洪召开专门会议,限期破案!

从分局会议室回来的路上,清城分局分管光明派出所的副局长何庆飞问崔伟洪道:"你从巡警大队过来,对限期破案有什么设想?"

"车到山前必有路,到哪个山头唱哪支歌吧!"崔伟洪冷冷地回答,他不了解何庆飞的办事风格,不敢敞开心扉说话,便模棱两可地答道。

何庆飞侧身对崔伟洪说道:"你大可放手去干。回去后给我制订一个限期破案计划,分局限我们一个月内破案,我们的目标是争取半个月内拿下。记住,这个计划要实用要具体,切忌空谈!"

崔伟洪拍着胸脯说:"我今天下班前就拿出一份详细的破案计划,并且我愿意带头实施这个计划,保证半个月之内破获此案!"

何庆飞拍了拍崔伟洪的肩膀,道:"对。年轻人就要有这种胆气!"

下班前,崔伟洪将新拟的计划交给何庆飞。何庆飞简单浏览完计划书后,说:"等等。我们两人现在坐下来好好研究一下你的这个计划。等会儿我们叫份外卖来吃就可以了。"

返回办公室,何庆飞的目光停留在崔伟洪计划中一个关键的名称"伏击中队"上。

"说说,把你的想法说出来听听。"何庆飞放下计划书,招呼崔伟洪坐下,饶有兴趣地说。

"赢之城内的治安状况,群众反映强烈,分局命令我们限期破案,我们必须主动出击,集中力量打击罪犯们赢之城内盗抢女士财物和汽车内财物的嚣张气焰！"

"好提议！"何庆飞拍了一下崔伟洪的肩膀，站起身，来回踱了两遍，说："犯罪分子们确实猖獗，你也知道，很多女性夜晚都不敢单独外出，赢之城内小车、摩托车被盗情况更是严重。群众对派出所颇有微词，我深感压力，群众利益无小事，我夜晚睡觉都不安稳。"

何庆飞重新拿起崔伟洪的计划："组织伏击队，你需要多少队员？"

崔伟洪站起身，颇有临上战场时候，战士的那种豪气："我需要配备10名队员！"

他以为何庆飞会爽快答应他提出的条件，不料，对他的建议何庆飞拼命摆手，这大出崔伟洪意料之外，他不解地看着何庆飞。

"你来担任伏击队队长，10名队员不够，我给你加派5名队员，一共15名，队员由你来挑选！"何庆飞口气不容置疑，"他们太猖獗，不狠狠打击，不仅群众对我们失望，我们自己也感觉对不起身上这身警服。"

原来，何庆飞在卖关子。

"我仔细研究过。以前，盗抢女士财物和偷窃小车、摩托车的案件大多发生在比较偏僻的地方，现在的态势逐步转向了闹市区，他们的确很猖獗，有点公然挑战的味道。"崔伟洪生怕何庆飞改变主意，便用反话刺激他。

"所以，你提出的伏击队这个建议来得及时，来得好！关于伏击队员，具体挑选事情你来做，我配合你，需要什么尽管说。"何庆飞的眉头似乎舒展了。

伏击队计划得到领导肯定，而且对自己计划中的人员有所增加，崔伟洪大受鼓舞，他兴奋地说道："好，对队员的基本要求也没啥,就是思想过硬、立场坚定、身体素质好、有斗志。"

何庆飞见崔伟洪信心十足,满意地坐回椅子:"计划就这样定下,你想什么时候开始?"

"越快越好,我想明天一早就挑选队员。"崔伟洪犹豫了一下说,"不过,我还是觉得10个队员就足够了,不需要15名。"

何庆飞停顿了一下,略有所思地说:"这正是我要同你好好商量的问题。你看,你这个计划里设伏地点定在赢之城。但是,这里有两个细节还要注意:第一,赢之城离市政府办公大楼近,你要在东门和北门专门安排警力,防止犯罪嫌疑人趁机溜进去,在东门安排两名民警,在北门安排一名民警。第二,赢之城是商埠重地,入夜后群众聚集很多,还要有两名民警防范犯罪嫌疑人狗急跳墙挟持妇女和小孩。"

崔伟洪点了点头:本来我们设伏抓捕犯罪嫌疑人是为了保护人民群众生命财产安全,如果中途出现什么幺蛾子岂不事与愿违!

想到这里,崔伟洪由衷地说:"还是你想得周到。不过,既然这样,我们南门外也要安排警力才行。那里直通人民路,人民路可是四通八达。"

"这一点你足可以放心。你注意到没有?上周分局召开警情通报会议,据百加派出所会上通报,绰号'单眼军'的流窜盗车作案团伙在他们百加区犯案后不知所踪,现在极有可能窜到赢之城。百加派出所一直在追踪这个团伙,说不定你们伏击队会遇上百加派出所的人。"何庆飞笑着说。他就曾经遭遇过这样的情况:率5名队员追捕两名犯罪嫌疑人,一切准备就绪,可是执行抓捕的时候,突然发现其他派出所人员也在场。两支队伍差点误撞到一起,好在两边领队都具有经验,在没有惊动犯罪嫌疑人之前及时暗下协商沟通,这才顺利把犯罪嫌疑人抓捕归案。

"那更好，人多力量大，犯罪嫌疑人插翅难逃。"崔伟洪已做好一切准备，决心用行动展示力量。

　　"你只管放心大胆干就是，百加派出所那边我和他们联系，有什么情况我通知你。"

　　计划很快批准执行，崔伟洪挑选了15名队员组成一支伏击队。

　　赢之城里，崔伟洪在店铺与店铺之间"闲逛"。他一边在暗中搜寻着各种可疑的目标人物，一边用无线对讲机进行指挥。一名队员靠上前来，低声说："目标没有出现。"

　　"耐心点。注意别暴露自己。"崔伟洪低声吩咐。

　　"好的。"说完，这名队员马上消失在人群中。

　　"我们在明，犯罪嫌疑人在暗，稍微不留意便会暴露。"崔伟洪通过无线对讲机发出指令。

　　崔伟洪书生模样，外表文静，看上去与他所从事的警察职业相距甚远。他出生于1975年，清新区山塘镇人。1997年从警校毕业后，一直在清城区巡警大队当民警，最近才从巡警大队调来光明派出所任副所长。

　　父亲是教师，从小对崔伟洪要求严格。小时候，他很不理解也不习惯父亲对他的教诲，经常同父亲顶嘴；长大后才发现，原来父亲是真正为他好。小时候，姐姐是学霸，且思想进步，对崔伟洪影响很大。自己为什么从警？经历颇为周折。中学毕业后，有要好的同学考入湛江警察学校，鼓励他一块报考，他报考了而且也考上了，但是，像姐姐一样读高中考大学才是他真正的梦想。思前想后，他放弃了读警校又返回学校复读一年。第二年参加高考，成绩不理想，没有考上大学。这时候与他要好的那位同学已然毕业从警，再次鼓动自己报考警校。他想：考大学我已经尽力了,没考上也不遗憾;既然没有上大学的命,就去当警察吧。于是,他重新报考了湛江警察学校。上学报到那天,姐姐曾开玩笑说:家里需要一个警察看家护院。他就是个干警察的材料,与警察这个职业脱不开关系。崔伟洪后来有点宿命地想:这大概就是人们所说的命中注定,个人无从选择!那位也笑他说:"绕来绕去还是干警察。"

"哎,穿上警服在大街上巡逻有什么感觉?"参加工作不久后的一天,姐姐问他。

"没啥,很平常。"崔伟洪故意轻描淡写地回答。他想以此引起姐姐对他的重视,因为他发现自己每次穿着警服回家姐姐都对他投以异样的目光。

"没啥?以前读书的时候,走路时总是一副低头问路的样子,现在看看你,额头抬向天了。"姐姐的话把一旁的父亲也逗乐了。

"羡慕了吧?告诉你,有一回巡逻,帮一个做生意的人推车上坡,完了后你知道路旁多少人给我竖大拇指?"崔伟洪扮了个鬼脸说。

"嘀,骄傲了不是?这是你穿这身警服的人最应该干的。"姐姐故作正经地说。

崔伟洪深深觉得,自己的变化得益于从事的警察职业。经过这些年锻炼,现在自己更有能力独当一面了。

正当崔伟洪全神贯注地搜寻目标的时候,一个五岁左右的小女孩进入了他的视线。小女孩显然同她的父母走散了,一边哭泣一边寻找。这是哪家的孩子?她的父母怎么这么粗心?若在平时,他会毫不犹豫地上前,但现在他有任务在身。小女孩茫然四顾，又喊又哭。崔伟洪实在不忍心，他警惕地扫视了一轮周围，看看有没有要特别注意的对象，正准备上前帮助，一名年轻男子匆忙跑来抱起小女孩。另外，一个手中提着大包小包的女人也从另一个方向赶到。她把手里拎着的袋子往地下一扔，抢过男人手中的女孩紧紧抱住，不断地抚慰她。男人在一旁憨笑着，伸出大手搂着并安慰着不停抽搐的母女。崔伟洪离他们有一段距离，听不到男人在讲什么，心里一个劲地催道：快走！快离开！那女人把孩子抱得更紧，害怕孩子再丢失的样子，还朝地上的大、小袋子踢了几下。过了好几分钟，那男人才捡起地上的袋子领着一家人离去。

　　崔伟洪打心底里为他们庆幸：快点离开！这里将有一场警察抓捕犯罪嫌疑人的行动，别伤到孩子……一想起"别伤到孩子"，崔伟洪脑海里又浮现出另外一个场景——

19 救救我的孩子

凌晨两点左右，崔伟洪睡得正香，被一阵电话铃声吵醒。

深更半夜接到处警电话对警察来说也是家常便饭。但这个电话很久没有联系，崔伟洪一时半会儿还真想不起她是谁，电话里女人无助地说："崔警官快去救救我的孩子！"

这个女人告诉他，她丈夫逼迫她从外地赶回家，否则就杀了两个孩子……崔伟洪这才猛然想起这个女人姓梁，为解决他们夫妻间的矛盾还曾经上门做过调解。崔伟洪赶忙穿好衣服，但他还是不愿相信，一个父亲会干出如此丧心病狂的事！随后这个梁姓妇女发到他手机里的一组图片不禁让崔伟洪大吃一惊，更让他冷汗森森：一个10岁左右的男孩和一个6岁左右的小女孩浑身是血躺倒在地板上！男孩被割喉，女孩被割腕，伤口还在不停地流血！

接到警情，崔伟洪大脑中只有一个想法：孩子在流血！他动作不能慢，慢了孩子就会没命！快救救孩子！崔伟洪一边火速冲出家门按下电梯一边通知同事赶往案发现场。

崔伟洪吩咐梁姓妇女保持与她丈夫通话，答应他的要求以免激怒他，同时也让孩子听到妈妈的声音。从这个女人的电话里崔伟洪获知她的丈夫姓谢，性格暴戾，生活稍不如意，思想就往偏执道上狂奔，已经数次威胁她如果再不回家便杀掉孩子。她以为虎毒不食子，再凶狠再残暴，岂能对自己的孩子下手？令她万万没想到的是，变态丈夫还真下手了，而且还真下得去手！

现场是一栋六层小楼房。底下三层用于出租，上面三层供自己居住。梁某、谢某住四楼，两小孩住五楼，谢某的母亲住六楼。虐童事件就发生在五楼。崔伟洪和同事赶到后，也惊动了左邻右舍，许多人走上街头观望，还有的人躲在窗帘后偷看。崔伟洪大声喝令屋主开门，但屋里没有一丝反应。民警们只得用破拆工具破门，但是防盗钢门十分坚固，队员们展开接力，一人砸累了换另一个人上，撬、砸、顶、撞等手段都用尽，钢门分毫无损。

此时，医生们也赶到了现场，做好救护准备。

"这门是用来防警察还是防盗的？"林东彦愤愤地说。

冯永权一边砸门一边劝说："开门，你是孩子亲爸，忍心看着孩子流血吗？"

"老子要把门破了，第一个揍扁你！"冯永权忍不住骂道，"你这个畜生，俩孩子都是你亲生骨肉，你真下得了手！"

就在崔伟洪等人无计可施之际，一位邻居说孩子的奶奶住在六楼，可以让她开门。于是崔伟洪冲着六楼大声喊门，想让孩子奶奶帮忙。可是，任凭崔伟洪们如何喊破嗓子，老太太也不搭理，仅从门缝朝外冷冷地看了一眼，又一言不发地把脑袋缩了回去，好像所有的一切与她无关！

　　如此冷血，崔伟洪们的心都凉了……就是这道可恨的钢门活生生地把他们和孩子隔开，那么近却又那么远，那么薄可又那么坚固。幸好有位好心的邻居，帮崔伟洪找到了一条钢钎。崔伟洪用钢钎斜插入钢门与门框的焊接口用力一撬，钢门才被打开。

　　崔伟洪带头冲进屋子，屋里哪有孩子的踪影？崔伟洪右手握拳向天一举，示意大家安静，侧耳细听：果然，从厨房方向传来轻轻的啜泣声。崔伟洪试着推门，但门被从里面顶住。崔伟洪挥手命令林东彦破门，林东彦往后退了两步，抬腿一踢，厨房门应声而破。民警们冲进厨房，一拥而上，迅速把犯罪嫌疑人摁倒在地，缴下他手中的菜刀……

　　眼前的一幕令他心惊肉跳：厨房地板血迹斑斑，小男孩的喉咙已被割破，向外冒着血泡；小女孩的手腕动脉血块已经开始凝固，她无力地瘫痪在地，几近昏迷。男孩惊惧不已，喉咙里发出含混不清的声音："警察叔叔，救我妹妹！"

　　虽说崔伟洪从警时间不短，但只有这一次才让他刹那间感觉到做一名警察的伟岸，充满身为百姓保护神的自豪感——他紧紧地把男孩抱在怀中，轻声说："孩子别怕，警察叔叔救你和妹妹来了。"

　　民警们把犯罪嫌疑人押解出屋，看到他那一副猥琐的嘴脸，崔伟洪恨不得一脚踹去，但，自己是一名公安民警，得遵守国家的法律和规章。他只好忍住，他的上齿咬着下唇，殷红的鲜血渗出他洁白的牙齿。

　　"孩子伤势怎么样？"孩子失血太多，崔伟洪担心地问随来的医生。

　　"还好，处置及时，再迟一点情况就严重了。现在需要到医院进行一段时间的治疗,不仅身体,心理上也得医治。"医生答道。

和医生们一起将两个孩子抱上救护车后,崔伟洪拨通了梁姓妇女的电话,平静地说:"孩子平安,现在已经送去医院,希望你能尽快回到孩子身边。孩子这个时候最需要妈妈的陪伴。"

电话那头,梁姓妇女抽泣道:"谢谢,谢谢你们救了我的孩子!"

20 该出手时就出手

"崔所,赢之城东门停车场,可疑目标出现!"一名队员经过崔伟洪身旁,甩了一句话。狡猾的犯罪嫌疑人果真挑选了赢之城靠近市政府一侧的停车场下手。崔伟洪一边远远地跟随这名队员走向东门一边用无线对讲机命令:"各位队员做好准备。可疑目标出现在赢之城东门停车场,听我命令行事!"

赢之城东门停车场看似比较小,只能停一排车,但一篱之隔就是市政府办公楼西侧大型停车场。商场停车场和政府停车场中间只隔着一排四季青。许多顾客索性把车停到市政府停车场,然后蹚过四季青到商场购物,他们普遍认为政府停车场安全。实际上,为了遮阴,政府停车场里栽种了榕树和杧果树,晚上纵使开启所有的路灯也显得比较暗淡——这正好给犯罪嫌疑人作案提供了有利条件。

"各小组汇报所在位置。"崔伟洪问道。

"一组准备完毕。"

"二组准备完毕。"

"三组准备完毕。"

"注意隐蔽。"崔伟洪命令道。

崔伟洪溜达到停车场,留意到目标是一辆没有熄火的天籁小车。车上坐着三人:一人"不经意"地趴在方向盘上;副驾驶位上一人斜躺在车椅上;后座车窗放低半格,一人将脚搁在窗外……三人呆呆地坐着,眼睛一动不动地盯着停车场上穿行不息的人流和车辆。

崔伟洪看到伏击队员们三三两两地分散在附近,有的手中提了支啤酒,有的装扮成谈恋爱,有的推着购物车忙着往自己车上装"货物"……一辆"陆虎"小车驶入赢之城一侧停车场泊车。天籁小车上坐在后排和副驾驶位上的两个犯罪嫌疑人下车靠近"陆虎",趁车主用遥控器锁车门,其中一个犯罪嫌疑人向车主借火点烟,另一个犯罪嫌疑人则暗中打开接收器,"陆虎"车主做梦也没有想到自己锁车门时竟把开车信号也传输给了偷盗窃贼。

看到同伙顺利得手后,趴在天籁小车方向盘上的家伙坐直身子伸了个懒腰,借机打量四周,确保"安全"后将车往前开到"陆虎"车不远处——借着路灯一侧的灯光,他的体貌特征才显露出来:寸发小平头、隆鼻阔脸膛。他显然是三个人中的头目。借火点烟的犯罪嫌疑人等"陆虎"车主进入商场后来到天籁小车旁请示车上的"头目","头目"点头示意可以动手。手持接收器的家伙用接收到的车主开锁信号,打开了"陆虎"小车。

崔伟洪见时机成熟,用无线对讲机下令:"行动!"

附近队员一拥而上,停车场刹那间爆发出一声声的威严喝令:"警察,不许动!"

"站住!"

突然爆出的喝令声让顾客们吓了一跳，发出几声惊呼。等再回过神细看，才明白是便衣警察在执行抓捕，惊慌立即变成淡定，胆大者索性站立观看——警察抓捕罪犯，这情形难得遇上，平时只有电视上才有。

民警首先将使用接收器开门的家伙摁倒在地，缴下他手里的犯案工具。这名犯罪嫌疑人不甘心就这样束手就擒，拼命挣扎反抗，在地上踢、踏、蹬、咬，民警们哪还会给他逃出生天的机会，牢牢将他控制住，将他反剪双手铐住从地上拎起，押上警车。

望风报信的犯罪嫌疑人身材细小，一见势头不妙，不顾同伙，猴子似的撒腿就跑。他很狡猾，既不往市政府停车场跑也不往商场里跑，而是选择穿梭于车辆之间，像一条滑溜的泥鳅。这下可把我们的公安民警难住了，小个子能过的车辆之间的缝隙他们不能过，被迫绕弯，且小个子在本能驱使下跑得飞快，一边跑还一边发出怪叫，一眨眼就跑出了停车场。崔伟洪一边指挥小组队员紧追一边和另外三名队员将团伙"头目"和天籁小车围住。"头目"开车左冲右撞，来回冲突，企图用车撞开一条道，几次差点把抓捕他的民警撞倒。犯罪嫌疑人的负隅顽抗彻底激怒了崔伟洪，为避免民警和顾客受伤，他果断下令："用两辆警车前后夹击，挡住他！破窗！"

前、后出口分别迅速开出一辆警车堵住了嫌疑人的去路，崔伟洪从身后掏出事先准备的专用铁锤对准天籁小车车窗猛击；队员各自拿出器械，从车身左右两侧破窗。车窗开裂，破碎，"头目"见势不妙，想弃车逃跑。下车一看，四周全是警察，知道插翅难逃，但不甘束手就缚的犯罪嫌疑人还在负隅顽抗。他又返回车上拿出液压剪朝最近的崔伟洪击打过去，崔伟洪闪开，瞅准空档上前一把将"头目"的手紧紧攥住！一名警员趁机上前，抓住"头目"胳膊往外拉，另一名队员见"头目"双手被控制，强行打开右侧副驾驶座车门，在车内扑住"头目"身体，第三名队员也挤进车身，摁住"头目"脑袋，众人合力将他扯出车外。崔伟洪"咔嚓"一声给他戴上手铐。经搜查，在车内发现了大量的作案工具：解码锁、开锁工具、电动砂轮机、液压剪、屏障器，还有几副车牌。

崔伟洪手拎作案工具，语含讥讽地说："这些足够说明你干这行时间够长的了，还敢反抗？"

"呸！人多，几个抓我一个。""头目"很不服气，朝地上啐了一口。

"头目"这个动作把队员们惹怒了，高个子队员气不打一处来，站到崔伟洪身旁："崔所，把他手铐解了，今儿我就干翻他！"

他大喊一声，上前拎住"头目"胸口的衣服，"头目"身体哆嗦一下，再也不敢胡言乱语。崔伟洪把高个子队员轻推一旁，直面"头目"："知道我们为什么人多吗？告诉你，正义的力量永远比邪恶之力量强大。"

"走！"高个子队员和队友押着"头目"朝警车走去。

崔伟洪一边抬头张望一边通过无线对讲机询问："林东彦你那里情况怎样？"

"没问题。"林东彦回答。没过多久，他就押着被铐住的小个子回到警车。队员们和小个子都还喘息未定，脸上挂着汗水。

林东彦双手紧了一下皮带，说："崔所，你真好眼力，幸亏派我这个脚力最好的组负责追捕，否则可能让这小子溜了。"

"这小子还真能跑，我们追了差不多两公里才把他逮住。"一名队员接上林东彦的话说。

"还懂得金蝉脱壳哪。"一名队员接着说道，小个子面目不怎么讨人厌恶，所以几个队员围着他拿他开涮。当崔伟洪开始破窗抓捕犯罪嫌疑人"头目"时，小个子已一溜烟跑出了停车场范围，林东彦几个在后紧追，一边追一边喊："站住！""你是跑不掉的！"

林东彦一马当先，几大步跨过路边花基，接近了小个子，小个子扭头一看，又穿入另一条马路，一路狂奔。

"好小子，老子今天要让你逃了就不姓林！"林东彦发了狠，脚下加力，后面队员亦加力追赶。小个子滑头，见林东彦紧追不舍渐渐要赶上，便扭头朝人多的地方逃跑。眼看他就要钻入人群，一辆摩托车从他身边擦过，把小个子绊倒在地。摩托车司机绊倒小个子后也不搭理，一溜烟跑了。小个子慌张爬起，还想继续逃逸，才刚起身，林东彦追到，一把把他抓住，谁知这小子身子一拧，来了个金蝉脱壳，林东彦只抓住他一件衣服，小个子还想继续跑，但被后续赶到的队员抓住，被迅速控制住。

"跑，继续跑。"林东彦气喘吁吁，队员陆续赶到，合力将小个子铐住。

过路行人纷纷驻足围观，林东彦见围观者不明就里，拿出证件，说："警察行动，抓捕盗车团伙。"

此时小个子已累得有气无力，满头虚汗，低垂下头，众队员也是人人喘气，林东彦四处搜寻骑摩托车的人，哪见什么踪影。

三名罪犯被押上面包车。

"有没有人受伤？"没人回答。崔伟洪心里十分慰藉，伏击队第一次行动就抓获盗车团伙三人，队员无一负伤，行动圆满成功！

两辆警车，押着三名罪犯，载着崔伟洪和队员们驶离赢之城。

等崔伟洪和光明派出所的队员离开，那个摩托车司机开车到一个偏僻处，摘下头盔，上到一辆面包车上——百加派出所教导员刘国松和一众警员、辅警聚集车内。

"刘教，为什么我们不和他们一起行动，这样不是更有力量？"摩托车骑手不解地问。

"崔所这次行动是用心部署的，我们要是在他们不知道的情况下贸然加入会打乱他的行动部署，况且'单眼军'这家伙今晚并不在这儿，想要抓住他更需要耐心，这家伙更狡猾。"刘国松解释说。

"我们可是一直跟踪到这儿呢。"一名队员说。

"只要能抓住犯罪嫌疑人，谁抓都一样。"刘国松拍拍队员的肩膀，摩托车"司机"骑上车一溜烟离去，刘国松的面包车也驶离了赢之城附近街道。

刘国松没有告诉队员的另一个情况是，就在他要采取行动的时候，何庆飞打来电话让他暂缓行动，告知他今晚赢之城光明派出所将有一次伏击盗车团伙行动，是崔伟洪组织的。这是个流窜作案的团伙，专以小型车辆为目标，在刘国松辖区也犯过多宗窃车案。既然崔伟洪已有部署，刘国松也就放缓这次跟踪抓捕行动，但既来之则安之，他把力量部署在赢之城外围，以防崔伟洪失手——这当然不是信不过自己同志、战友，而是在有需要的时候助力，现场抓捕什么事都有可能发生。所以，当看到小个子狂逃时，他让一名队员以摩托车绊倒犯罪嫌疑人暗地助了战友一臂之力。

不管怎么说，崔伟洪、刘国松都尽到了清城守卫者的职责。

21 深夜处警

省报三名记者听完崔伟洪的故事更增添了对刘国松的敬佩之情,并且更增强了要把刘国松的事迹尽快报道宣传的决心。为了更加详尽地报道刘国松的事迹,他们特地来到市人民医院采访了曾经参与抢救刘国松的清远市人民医院院长周海波。周海波是广东省最有名的心脑疾病医生之一,享有国务院特殊津贴,是全国人大代表。

提起刘国松,周海波气不打一处来,说:"刘国松这个人还是百加派出所的教导员呢,应该最讲纪律、讲原则,他偏偏带头违反。你说上次他负伤,生命垂危,硬是从死亡线上捡回了条性命。我们反复对他说,'等伤养好了才出院',可他——还说什么在我们医院就是没病也会养出病来——你说这是什么话嘛!砸我们医院的招牌事小,身体留有后遗症就难办了。"周院长郑重其事地说,"他们公安都是这么个倔脾气,真难伺候。"

恰好那天给刘国松主刀的医生胡宁东也在场，他有点激动，接过周海波院长的话头，说："可不是嘛！他们公安局的民警都是这个样子。你还记得黄国华吗？就是那个高个子，走起路来像是被人撵着跑的那个公安。全身的零件都快磨损尽了还不愿休息。"

这个话题撩起了胡宁东的兴致，他给记者讲起了黄国华的故事。

2015年9月上旬的一天，胡宁东正好坐诊，最后接诊的是一位50岁出头的中年人，他看过他的心电图后，对他说："你得住院，好好休息一段时间，再这样下去身体很快会垮。"

中年人赔着笑脸说："都有什么毛病，医生？"其实，他已经反复看过了自己的病历本。病历本上的字虽然有些潦草，甚至，个别的字他还分辨不出来，但是，他清楚自己的病！

胡宁东放下他的病历本，说："你可听好了，高血压、颈部动脉硬化、腰椎间盘突出、动脉血管硬化……所有这些都不可以掉以轻心，不能拿来开玩笑。"胡宁东表情严肃，没等中年男人领会他的意思，突然追问了一句："你是党员？"

中年男人愕然，听不懂胡宁东的话，心里嘀咕"你见过有这么大年纪的公安民警是非党员的吗"，口里却答道："二十多年党龄的老党员啦。"

胡宁东故作惊讶地说："老党员了，既然是，那么除了听党的话'为人民服务'外，还得听医生的话'好好爱护自己的身体'。"

原来是在调侃自己——中年男人尴尬地笑了笑，说；"对。你说得对。"

"听医生的话！没错。"胡宁东严肃地说，"医者，仁心也。"

中年男子听了，莞然而笑："胡医生是在拐弯抹角地劝我当心身体。这是好事呀,我听你的。不过要迟几天!"

"住院!你的身体到了要休养的时候了,没听说过身体是革命的本钱这话吗?没了身体,你还得要别人照顾,谈什么为人民服务,是不是这个道理?"胡宁东像对待孩子一样谆谆劝导,话都发自内心。

"好,这回听你的。住院,治疗,养一段。"中年男子态度十分诚恳,或许他也觉得身体已经不允许再强撑下去。

"说定了,什么时候来?我就搞一次特殊,替你安排一下。"胡宁东说。

中年男子似有犹豫:"你看,我总得把工作安排一下吧……"

"还是老一套,那你就回单位忙你的吧,下次来的时候找别的医生给你看,我是看不了你了。"胡宁东起身,故意摆出要走的姿态,中年男子急了,赶忙站起身,拉住医生:"听你的,听你的,明天,不不,后天我就过来,行不行?"

胡宁东暗自高兴但却装出一副不信任的样子:"我暂时把你的话装进耳朵里,但警告你,这次不能再骗我。"

中年男子忙不迭地赔着笑脸:"哪能呢,哪能呢,你知道我说话一贯都……"

胡宁东用力点头,拖长声调:"都不算数的——"

中年男子听了这话,也笑起来。

这位来市人民医院就诊、貌不惊人的中年男子名叫黄国华,是清远市公安局清城分局松岗派出所所长。从警27年,一直战斗在公安工作第一线。以同事们的话说"是一位政治觉悟和业务素质过硬的老民警"。管理方面,他着重宣传,善于宣传,以宣传作为激励同事们努力工作的手段，而并没有让宣传工作成为业务工作的累赘。松岗派出所的每一个楼层里都有根据业务工作特征设计的宣传栏目，这些栏目时时更新，成了同事们表露思想和交流情感的绿草地。当然这些外化于形的东西，是以丰富的内在思想教育作为底蕴的。在政治理论的学习方面，他绝对是年轻人的标杆。就拿"党员学习笔记"来说，他记了厚厚的三大本，每一本的扉页上都写着"对党忠诚、服务人民、执法公正、纪律严明"。业务工作方面，同事对他的评价也高，工作能吃苦，办法和点子多，干什么都冲在最前面。作为一个老民警，他每天七点前就到了办公室，来的时候门卫常常未开门呢。门卫问他："黄所，怎么这么早？跟老婆吵架了？"他总是笑着回答："还同老婆吵架呢，有这心也没这个气力啦。我睡不着，走着走着不就来到了办公室嘛！"这件事传到同事们的耳里，大家送给他个绰号叫"拼命三郎"。由于工作出色，他曾多次受嘉奖，多次被评为清远市、清城区和公安系统的先进个人和优秀共产党员，先后荣立个人三等功五次，被授予"清远市十佳卫士""全省优秀人民警察""全国优秀人民警察"荣誉称号。

从同事送给他的绰号可见，他工作起来有多拼。这不，刚刚答应胡宁东"要来医院住一段"，却被一条新警情给打乱了计划，看来他的话又要落空！

晚上八点，松岗派出所忽然跑进一个垂头丧气的男人，进来后一屁股坐在椅子上。黄国华那天正好加班，以为他来报案，上前同他打招呼，但他对黄国华的问话不理不睬，只顾低着头唉声叹气。

值班民警对当事人这副模样看不过眼，想将他赶走，黄国华连忙摆手制止他,继续问道:"你有什么事?我们可以帮到你吗?"

当事人这才抬起脑袋,一股脑儿把事情经过说了出来。黄国华赶紧让值班民警做笔录——

"起因还得从2014年3月说起。那时候,我还在广州打工。下班后无所事事,通过手机微信'摇一摇',在网上结识了一位陌生女子。这女的很热情,大哥长大哥短的,叫得我心都麻了。过了半个月,她忽然好几天没理睬我,几天后主动用微信向我道歉,说自己这几天病了住院,还发了几张住院的截图和几个流泪的表情包。看到她一副楚楚可怜的样子,我从微信上给她转了五百元钱,留言'早日康复'。她马上给我回信说'谢谢',然后把钱一分不少地用微信返还给我。从此,我感觉这女孩真不错,模样儿俏、心肠好,一来二往我们便好上了。我对她非常依恋,一天不同她微信交谈便如丢魂失魄。渐渐地我们便无话不谈。大概隔了一个月,她忽然又说自己病了,没有那么多钱,问我能否借她一点。有了上次退钱的经历和渐渐产生的好感,我二话没说给她转了一千。她表现得很得体,在微信上淡淡地回了个'感激'的表情包再没说别的。过了一个月,她又把钱如数给我转了过来。这次,我说啥也只收了八百,另外两百元说是给她的'慰问'费。对这两百元,她大方地收下了。后来,她给我来微信说她爸妈同时住院,要我借她一万五千元,我照办;又不久,她说家中有急事要我给她寄五万元,前前后后一共寄了七万。然后,再同她微信联系,她就像从大海中消失了一般!我是打工的,就在清城区这里工作。你也知道,我的薪水不高,七万元钱,对我来说已经是一笔很大的数目,况且家中还有体弱多病、需要长期服药的妈妈。虽然这事已经过去有一年时间,可我心里很难受，整天想着这事，没心思干别的。警察同志，你们能找到这个骗子，帮我挽回损失吗？"

说完，当事人双手抱着脑袋，蹲到墙角嘤嘤地哭起来。看得出这七万元钱和对女子投入的感情对他打击很大。如果当事人把这件事讲给旁人听，即使是熟悉的人，恐怕也会马上引起别人的讪笑和讥诮。但是，警察不会。在警察的眼里，这事如果属实那便是案件，是案件他们就要认真处置。

黄国华十分理解当事人的心情，他走到当事人身边，给他几张纸巾，说："起来，坐到桌子旁边来，好好说。"

当事人忽然站起身，好像遇到救星一样，紧握着黄国华的手说："警察同志，你能帮我？"

"这是我们该做的事。你给我们提供的线索很重要，我们一定会帮你追回被骗的资金。"黄国华同情地说。

"这是我们黄所长。"看到当事人紧张的表情，记录员提醒他。

"黄所长，请帮我追回损失，让女骗子受法律惩处，她一定还骗过不少人。"当事人眼中充满希望地说。

"这是我们的职责，你手机还存有和这女子的微信聊天记录吗？"黄国华问道。

"有！"当事人已然没有了刚进派出所时候的颓丧，马上拿出手机，查找与女子的微信聊天记录。黄国华和同事整理有效信息做好记录后，已经是深夜十一点多了。

"黄所，这案子不必你亲自抓，交给我们就成。"一名民警关心地说。上次集体体检，黄国华的身体状况大家都清楚。市人民医院也根据黄国华的情况通知他过去进行复查。

"是啊，黄所，先到医院休养一段时间，案件有我们呢。"

另一名民警也劝道。

　　黄国华低头思考了一会儿说："你们的美意，我心领了。但，这案子我得亲自办，你们都看到了，这事对当事人打击很大，他内心已经被焦虑、疼惜、痛悔和无望充满了，他只是一个打工者，工资低，要是我们不尽快帮助他，他会出现什么状况都难预测。"

　　黄国华站在当事人角度进行了解释，并决意亲自侦办这起案件。

22 老将出马

当晚，回到家里已是深夜两点。老伴已经把他住院所用的衣服物件全都收拾停当，以为他第二天一早会去医院。谁知黄国华回家后只字未提，这让老伴非常纳闷，再三追问下黄国华才告诉她说有案件要办，住院时间要往后挪。老伴听后，虽然失望但也无可奈何：多年的相知相伴，黄国华警察工作的特性让她对类似这样的事早就习以为常。作为公安民警的家属，她不仅要理解支持丈夫的工作，而且要习惯丈夫在生活中许多不能兑现的"承诺"。

这次事关丈夫的身体健康，她想争取一下，看看能不能让丈夫改变主意。趁黄国华洗澡前放热水的空隙，她关心地说："知道你要办案，也理解你工作的重要性，但你这身体到了该调养的时候了。身体可是本钱，没了身体，你还能干好工作吗？"

"我知道你在为我着想。"黄国华感激风雨几十年的老伴，"我不忍心看着来向警察求助的人带着失望离开。"

"派出所不是只有你一个人，还有你的同事呀。"老伴追加了一句，话外之音很明显：你以为地球离了你就不转了？

"虽是这样说，但领导干部总得起带头作用。"黄国华回答说——他的眼前满是当事人绝望的眼神和求助的表情。

"将近三十年了，不管有理没理我都顺着你。但是，这次你一定要想清楚：你是家里的顶梁柱。"老伴说着说着眼睛湿了，动了真感情！

黄国华只是低头不语。

老伴继续哽咽着说："你的病完全是累出来的，积劳成疾。2015年6月到8月，你带病出差。足足三个月时间你辗转到南昌、广州、东莞、中山、深圳、韶关等地抓捕犯罪嫌疑人。时值盛夏，天气炎热，途中你多次出现胸闷、头晕症状。同事们劝你回家休息几天你说啥也不，结果落下了这一身病！现在医生和同事都要你休养一段时间，你还是不愿意。是机器也要进行检修呀！"

黄国华握住老伴的手轻轻地放在自己的胸口，说："老婆，你很贤惠，一直非常支持我的工作。每当我拖着疲惫的身子回家，你就为我把饭菜热好，把洗脚水打好。可以这样说，没有你就没有我黄国华的今天。每次面对你，我心里总是泛起一阵疚意，觉得亏欠你的太多。为了工作，我经常吃住在单位，节假日也难得回家，即便是最热闹隆重的春节，我也只能在家里待那么三两天。当别人合家团聚的时候，我却无法陪伴自己的家人。可是，如果我们不去坚守，哪来千家万户的合家欢乐？所以我只能愧对你了。"

说着，黄国华松开握着妻子的手帮她捋了捋白发。她很不习惯地将头偏向一边："你也不用拿这些话来哄我了。我说不过你。"

就像以往的情形一样，老伴妥协了。

这一夜，黄国华失眠了，当事人那张绝望的脸老是浮现在他眼前，从事警察工作将近三十年，大大小小案件办过上百件，他不知道这起案件为什么总是萦绕在他脑际。

一夜未眠的黄国华第二天便投入到案件侦办之中。他率领两位民警首先来到当事人居住的小区，再次细致了解事情经过，掌握好每个细节，然后马不停蹄地往返于派出所与网警大队之间。

两天时间东奔西走，身体疲累不已，回到派出所，黄国华叫了个快餐，胡乱扒了一碗饭，安排两位同事稍事休息后，便驱车再次来到网警大队。他找到网警大队的技术专家，看他能否从案件的过程和当事人口述中找出破绽，争取突破。

"为什么当事人没有及时报案？"网警大队的技术专家详细看过卷宗、了解案情后问道。在他看来，这是一起不合常理的案件。当事人被诈骗足足超过一年，纵使与嫌疑人有这样那样的交情或者有其他隐私也该在第一时间报案才对。

"我们了解了这件案子的整个经过。当事人后来虽然知道自己受骗，但是，他也算是心甘情愿。他对那个女人已经投入了感情，才让她一步一步得逞。这件事情如果说出去很不光彩，事关男人的体面和尊严。本来他也打算算了，就当自己倒霉，但这一年没有揽到事做，以前的那点小积蓄又被骗了个精光。那晚经过反复思考才选择报案。当事人那天夜里来到我们派出所前据说还在门口徘徊了一个小时呢，进来后一个人蜷曲在墙角里发呆，是我们解开了他的心结才开口的。"黄国华介绍说。

"哦，是这样。看不出当事人还是个多情种。"网警大队的技术专家除下手套转身吩咐助手："把黄所长带来的资料收集一下，等会儿我们作筛选。"

"要多长时间才有结果？"黄国华问。

"这可说不准。以我的经验要想从海量信息中找关键点，会花费很多时间。像这样的情况往往不是单独作案，应该是一个高智商犯罪团伙。他们组织庞大，分工严密，反侦查能力很强，很难一时确定他们的行迹！"网警大队的技术专家解释道。忽然他想起了一件与此相关的事来："哎，我想起来了，你去百加派出所找教导员刘国松。去年，他也办过这样的案子，或许能提供对你有用的东西。"

"是吗？"黄国华高兴道，"我现在就去。"

黄国华起身就走。刚到门口正好碰到雷汝周带着他的助手王杰也来网警大队办事，雷汝周笑道："这么急干什么？丢了魂似的。"

"我要去百加所找刘国松办点事，下次专门找你聊。再见。"黄国华朝雷汝周挥挥手道。

雷汝周说："见到刘国松你帮我问个好，我还欠他一个人情呢。"

"你怎么还有欠人家人情的？"黄国华有点好奇地问。

"这事都怪我太武断。有个犯罪嫌疑人是刘国松追踪了很久才抓获的。我当时调查现场，没有发现任何蛛丝马迹，因为缺乏证据便把人放了。事后，我和王杰重返案发现场，终于找到了一枚指纹……"

黄国华转过身来说道："好的，我一定把话给你带到。"说完匆匆驱车赶往百加派出所。黄国华到后，正好今天刘国松刚从社区检查治安情况回来，汗都没有来得及擦干净。见到黄国华来找自己，暗忖：我在百加派出所，他在松岗派出所，这两个派出所都是治安情况比较复杂的基层单位。无事不登三宝殿，他今天来找我一定有什么事。得先套套他的底牌才说。

刘国松正待说话，黄国华却直奔主题，说："听说去年你们所办过一件诈骗案件，就是通过排查出租屋和旅馆，调取清远本地和广州多个地方的银行柜员机监控录像破的案。"

刘国松扑哧一笑，忍不住在心里赞扬自己道：真是料事如神——黄国华老小子真的找自己帮忙来了。但是没有料到的是他会单刀直入，连一点空间都不给主人留，不禁脱口而出："你小子又要耍什么鬼花样？"

黄国华一屁股坐到刘国松的办公椅上，笑道："这张椅子比我的宽大，什么时候我派人搬到我那里去，你可别小气！"说着，黄国华又将来意重复了一遍："上次你侦查的一起网络诈骗案件，犯罪嫌疑人是流窜作案，听说你已经掌握了许多证据，有银行取款的监控影像资料和居住情况资料吗？给我看看——我最近的一起案件得到了一条重要线索，或许是同一伙人干的。"

"你是指哪份影像资料？我们档案室的影像资料太多了。"刘国松装作没听懂地说。

"我要的就是你们抓了又放掉的那个！"黄国华说。

"这个案子我们所一直还在追踪呢！可是与你所说的诈骗案没有丝毫关系，你是听谁说的？"刘国松不懂黄国华到底指的哪宗案子。

刘国松又仔细地想了想后，说："你指的应该是另一单案件。去年，我们接到一位在深圳打工的年轻人报案，说有两个穿着民警制服的男女找到他父母的住处，说：'你儿子犯法被我们公安机关拘留，现在需要交四万块钱办理取保候审手续。'老人将信将疑。他们就把公安机关拘留证给老人看。并告诉老人为了不给诈骗犯以可乘之机，让她通过银行汇款过去，这样比较安全。老人信以为真就把钱汇过去了……经过我们侦查，这是一个在广州及附近城市进行网络诈骗的团伙。后来通过半年多的调查取证，在广州、佛山、东莞等地警方的协助下，终于打掉了这个团伙。但是，因为这个团伙实在太大，还有几个漏网之鱼，听说最近又在蠢蠢欲动。你说的应该是这宗案子。"

"对。就是这宗。"黄国华如释重负地说，"快把材料给我看看。"

"材料有。是不是一伙人干的，结论不能草率。我们还没有研究，光凭一些表面的现象很难作论断。这样吧，我把所的材料给你看看。"工作上的事刘国松从来不马虎，他一边给黄国华倒水一边吩咐办案人员去案管中心拿出卷宗。

"侦破如此大案怎没听你说过呀。"黄国华一边翻阅资料一边对刘国松开着玩笑。

"小案件，有什么值得说的，一年要破好几宗呢。当事人第一时间报的案，侦破难度不大。但是，至于那几条漏网之鱼，网警大队和我们一直在盯着呢，跑不了。"刘国松说完给黄国华递上开水，"把你的案件说来听听！"

于是，黄国华便把案件当事人到派出所来哭诉被一个女子骗去七万多元钱的事从头到尾给刘国松说了一遍。

"你这个案子，时间过了一年，有点难度。当事人怎么一年以后才报案？"刘国松提了一个和网警一样的问题，这也和黄国华第一时间询问当事人的情景一样。

黄国华喟然叹道："可以理解。大老爷们儿被骗的事一般不会轻易同人谈起。因为这种事情比较敏感，心理过程也比较复杂，说出来怕别人笑话，思前想后下不了决心——不报案吧，损失又这么大，心里不服气，一拖再拖，导致现在才报案。"

"只要对你们破案有帮助就行，详细的情况你不妨去网警大队找找。"刘国松将办案人员从案管中心拿出的卷宗交给黄国华看。

在几处重要的地方做了记录后，黄国华便起身告辞。刘国松把他送出派出所贴近他耳根低声说："哪次有时间约上人民医院胡宁东出来聚一次，行不？我个人来安排。"

"没问题。"黄国华嘴上虽这么说，心里却十分害怕，他真的担心胡宁东会让自己去住院！他打心底暗暗责备刘国松：真是哪壶不开提哪壶！于是他岔开话题说："嘿，雷汝周问你还记得那位确定指纹后跑掉的犯罪嫌疑人吗？他心里一直过意不去，有时间同他联系一下，帮他放下心理包袱。"

"放心吧，迟早把犯罪嫌疑人抓住。"刘国松对黄国华说。

黄国华从百加派出所马不停蹄地赶回市区。

通过当事人提供的微信，网警大队帮助黄国华圈定了犯罪嫌疑人几笔较大数额的取款地点，加上他从刘国松资料上调取的排查清远本地和广州多个地方的出租屋、旅馆、银行柜员机监控录像，黄国华终于发现犯罪嫌疑人行踪，将目标锁定，随后亲自带队驱车赶往广州白云区某居住小区执行抓捕行动。

黄国华在广州白云区派出所民警的帮助下，敲开了犯罪嫌疑人郭某某的房门。当时，她刚从菜市场买菜回家，见到黄国华等一众民警时她傻眼了。她以为事情早已过去，甚至忘了有这么一个被她蒙骗过的事主，完全不知道警察是怎样将她找到的！

嫌犯被成功抓获，经过审讯果然是一起团伙诈骗案件。嫌疑人除交代自己的犯罪事实后，还主动供出了案件的其他成员及其作案经过，各地警方通过周密部署将这一犯罪团伙彻底摧毁。

案件完满侦破,大部分赃款被追回。当事人来到派出所紧紧握住黄国华的手,激动不已地说:"我做梦都没想到,做梦都没想到,这事已经过去一年时间,仅仅几天工夫就破了案。"

当事人感慨万分,毫无顾忌地大声说:"警察厉害,松岗派出所的警察厉害!谢谢你们!"

此时的黄国华忙了整整一个星期,他的双眼布满血丝,但看到当事人去尽颓废、精神焕发的模样,他开心地笑了。

是的,人民警察最高的荣誉不外乎能亲眼见证百姓对自己工作的赞誉,"金杯银杯不如百姓口碑"这句话,就是对警察工作最好也是最高的检验和颂扬。

这个案例让黄国华有所思考,而今网络时代,网络诈骗和网络犯明显增加,黄国华想借助这个案例在辖内举办一场以"防止网络犯罪和提高自我防范"为主题的宣传活动……

23 反复侦查

光明派出所。

崔伟洪对着监控视频反反复复对比、查看。视频是下午放学时,博爱学校正门口,众多家长接孩子回家的一幕。

博爱学校与光明派出所光明社区警务室仅相隔两条街,它原来在红十字会旗下,后来成了私立学校。由于管理比较规范,校园也很安静,家长们便愿意将小孩送到这里读书。每天晚上放学和上晚自习这段时间,接送孩子的车辆将学校围得水泄不通。后来搞商业开发,学校周围建起了许多商场和孵化公司,加上连接广州等地的轻轨站就在附近,近年来显得特别热闹,周围停靠的车也越来越多了。

"崔所,你已经看了大半天了,先吃饭吧。"一位民警把饭盒放到他跟前。崔伟洪暂停视频,揉揉眼睛,拿起盒饭一阵扒拉,饭菜全部堵在喉咙无法下咽,他便端起水杯喝了口水。

林东彦走过来，说："崔所，昨天又有一位妇女报案。"

林东彦声音不高，与他平时大大咧咧的样子不同，似乎是他让这个妇女遭受损失一样。

崔伟洪放下快餐盒，问："财物损失多少？"

林东彦边接了杯矿泉水边说："车内的主要物品是一些高档香烟和洋酒，价值总计五千多元。她讲'幸亏钱包带在身上'，要么损失将更加惨重。"

崔伟洪便要去调看录像，问："你说说，大概是什么时候？"

林东彦说："你还是先吃饭吧，反正急也没用。那位女家长停车那地方恰好是监控死角。"

"去学校门口接小孩到车上这么短的时间内就被盗？"崔伟洪听林东彦这么一说，便返身回来把饭盒收拾好。

林东彦点点头说："是。出手迅速，与之前的手法如出一辙。"

"已经是第十二宗案件了。不将这个家伙抓住，还会不断有人来报案。"崔伟洪重新启动监控视频，"注意看这辆丰田小车。"

崔伟洪把监控视频定格，让队员们仔细观看。监控视频上，一辆白色丰田小车由东向西驶经学校门口路段，车速很慢，没有停留。崔伟洪指着画面，再启动学校门口另一端的监控视频，"看，这辆车没走远，它调头从另一条街道折了回来。我算了一下，从学校门口到调头返回的地方距离不到一千米，既然不是来接小孩的，这么来回放空车干吗？"

"可能对路况不熟，你看车速不快，似乎在认路。"一个队员一边观察视频上的白色丰田小车一边说。

崔伟洪伸手轻轻拍了一下这个队员的头，说："动动脑子。一开始我也这样认为，因为车速不快，符合一边慢驶一边认路的特征，但一个细节推翻了我这个想法，你们留意——"

崔伟洪把丰田小车放大，拉近距离，让队员们留意白色丰田小车内部情况："通常说来，对陌生道路，司机会摇下车窗四处张望寻找路旁熟悉的景物或地标建筑物什么的，以判断行进线路对错，但这辆丰田车没有这些动作。驶到学校西端这一段路以后，它没有继续往前。"

一位年轻的队员说："这辆车车身新亮，应该是新购置的，不像是偷的；即便是偷窃来的，这辆车也该有报案记录。否则，没有人敢这么大胆把偷来的车大摇大摆地开出来。"

崔伟洪调取另一个监控视频："再看这个，这是学校门口东段的视频监控，看，这辆车已经第三次回到这里了。"

听了崔伟洪对视频的分析，队员们都睁大眼睛对这辆白色丰田小车加倍留意起来，指指点点地讨论着。

"看不清面目啊。"一个队员说。

"视力有问题。这可是我们新换的高度清晰的监控设备，像素蛮高呢。"林东彦端着一盒快餐凑了上来，刚把一口饭送到嘴边又放下，"崔所，会是这个家伙吗？踩点来吗？"

崔伟洪没有回答林东彦，打开另一段监控视频，将驶到学校附近的一名摩托车手定格。

"再留意这个骑摩托车的家伙。"崔伟洪指着一个戴黑色头盔的年轻人说，"我对比了被盗小车车主的报案时间。只要这台摩托车出现在校园附近，小车内物品的失窃案件就会发生，这个不会仅是巧合。"

刚才被崔伟洪拍了一下脑袋的队员说："不对呀，又开小车又骑摩托车，他不嫌麻烦？"

"肯定是同一个人，你看他的眼神和装束，特别是他的装束，除了换了一顶安全帽之外其他都一样。"一个队员说。

"小车和摩托车会有联系？"

"嘿，或许是两个同伙也说不准。"

崔伟洪："现在还不清楚作案的是一个人还是团伙，什么情况都有可能，但从身体形态上看，我感觉是同一个人。"

崔伟洪自己也难下定论，监控视频上，摩托车司机的身体形态可作初步判断，但小车司机看不清体态。只能从穿戴上判断两者是不是同一个人。他的想法是：丰田小车是踩点，骑摩托车现场作案。因为，摩托车可以在人流和车流中穿插，得手后更容易逃离现场，小车则便于隐蔽。崔伟洪心想，如果自己的判断没错，犯罪嫌疑人可是个颇有头脑的犯罪嫌疑人。

"我们从何处动手抓他？"林东彦把空饭盒往垃圾桶里一扔，焦急地问——不久前，林东彦接到了一位中年男人的报案，那是派出所接到的第十一宗报案，看着中年男人眼神中那种"我虽报案但并不抱太大希望"的神色，他心里十分难受，暗暗发誓：非破案不可！

崔伟洪用铅笔在中年妇女的报案材料的左上角画了个圈，标了"12"字样后，身体往背椅上一靠，双手交叉叠在脑后，说："赶紧把这段影像资料送技术部门，请他们帮助分析丰田车司机与摩托车司机是不是同一个人。"

林东彦一下子从椅子上跳下，说："好的。我这就去办。"

忽然，崔伟洪台面上的电话响起，他拿起听筒："喂，哪里？分局政工室？所长和教导员都出去办案了，就我在，我是崔伟洪。好……好……好……"

"同志们，告诉你们一个好消息。刚才局里来电话，特别嘉奖了我们！"崔伟洪放下电话高兴地说。

"怎么说的？"林东彦刚到门口又折返身问崔伟洪。

崔伟洪拍着林东彦的肩膀说："你等开完表彰会再去进行分析吧，分局的人马上要来了。"然后转身对办公室全体人员说："表彰会稍后举行，领导说我们仅用一天时间就破获了一起团伙流窜盗车案，悉数抓获所有作案罪犯，无一漏网。想知道分局刑警大队反盗抢专业队的同志怎么说我们光明派出所吗？"

崔伟洪满脸高兴，故意卖关子，停下不说。

"快说快说。"队员们迫不及待地追问。自己的付出终于得到领导表扬，这对伏击队员们来说没有比这更高兴的了。他们吵吵嚷嚷，催崔伟洪快说。

崔伟洪大声对伏击队员们说："刑警队的人说光明派出所伏击队厉害，快赶上他们了。"

崔伟洪话音刚落，队员们爆发出一阵欢呼之声。虽然大家都知道这只是刑警大队民警们的鼓励之语，但是这个足够让队员们自豪和雀跃，要知道，分局刑警大队可是专门对付盗抢案件的主力，伏击队能让专业队的同仁有如斯赞誉，队员们焉能不深感自豪。

队员们暂时忘却了校园偷窃案未破的烦恼，个个喜笑颜开，围着崔伟洪嚷嚷闹闹。

24 出其不意

　　黎明时分,伏击队员们个个垂头丧气、没精打采地回到了派出所。

　　瘦高个子的队员哈欠连天地说:"崔所不知怎么想的,凭着那家伙开的套牌车我们就可以先抓。抓回来再审。"

　　下巴上长了颗黑痣的队员附和着:"哪用等他作案抓现形,崔所也太较劲儿。"

　　胖子队员往椅子上一躺,说:"都面对面好几次了,就是不下令,真没劲儿。"

　　"现在好了,跑没影了,以后难找了。"中等个子的一名队员整了整风纪扣说,"阿林,怎不说话?"说完,他推了一把回来后坐在椅子上闷闷不乐的林东彦。让林东彦难以释怀的是:犯罪嫌疑人开着一辆日产天籁青海套牌车,凭这个就可以先抓后审,他好几次让副所长崔伟洪下令抓捕,可崔伟洪就是不松口,让他无可奈何。

"牢骚，牢骚，就知道发牢骚，给我消停一下行不行？"林东彦对几名队员吼道。这时，电话忽然响了，他一看来电显示，立即来了精神。

"……什么地点？就到，就到，马上就到！"林东彦飞快地记下地点，队员们从林东彦脸上看出了转机，个个重新抖擞精神。

"马上出发！"林东彦重整行装，大声命令。

原来崔伟洪想放长线钓大鱼，他让林东彦不要惊动套牌车上的犯罪嫌疑人，自己亲自带队跟踪他们。犯罪嫌疑人一直都在寻找目标，他们首先在博爱学校逗留了一个小时，然后去赢之城兜了一大圈，最后绕到了洲心街。

洲心街道位于清远市东南部，归清城区管辖，下辖光明、振南、永安、凤鸣、连江、启明等区域。赢之城门口的人民路就是通过洲心街再往英德和佛冈两县去的。

林东彦率队赶到，崔伟洪正在隐蔽监视地点对套牌小车进行布控。林东彦按崔伟洪无线对讲机的部署安排队员到位。队员们有的装扮成摩的司机，有的装扮成想要乘车的旅客，有的装扮成游手好闲的本地青年，有的装扮成卖菜的农民。

"他们到赢之城，转悠了有两个小时但没动手，现在溜到这里。人进了村子，总共三个人，进村抓捕动静太大，我们就在这里守候，这次不能让他跑了。"

林东彦信心大增："早该这样。白天赢之城人多，地点敏感，作案后很难脱身。他们不好动手，所以选择到这些偏远的郊区和农村。"

崔伟洪拧开矿泉水瓶盖喝了一口水，说："知道你心急，这是我们公安破案的大忌。越是遇到大案要案越要冷静！越要淡定！毛泽东去重庆谈判面临那么大的压力还照样参加国民党政府为他举办的各种酒会呢！"

林东彦点点头说："领导批评得对。刚才我们都发牢骚了。以后我们干什么事都得重证据，讲大局。但是，我是一介平民，怎能同伟大领袖相提并论呢。"

崔伟洪不动声色，将毛泽东赠予柳亚子的诗句甩给了林东彦："牢骚太盛防肠断！"

林东彦连忙摆手摇头故作痛苦状："向天发誓，我可啥话也没讲，不信问大家伙去。"

崔伟洪不再追问，命令队员原地待命，林东彦以摩托车司机的身份在附近转圈。

不一会儿，天籁车主等三人从村子走出，驾车离开。崔伟洪下令一名队员坐上林东彦摩托车，行驶在天籁车前面，保持一定距离，自己和其他队员分乘两辆没有标志的警车跟在天籁车后面，前后保持通话联系。

天籁车重新驶回博爱学校后，继续往西，来到机关幼儿园附近兜了三圈，最后停在外围不远处的停车场。车子停稳后，两个犯罪嫌疑人走下车，漫不经心地闲逛，但一双眼睛扫来扫去——寻找下手目标。

"崔所，他的手上拿有解码器！"林东彦通过对讲机告诉崔伟洪。个中意思崔伟洪听得出来，手中的解码器就能证明他们的犯罪嫌疑人身份，林东彦希望崔伟洪尽早下令，实施抓捕。

崔伟洪十分冷静，天籁车内的那个家伙才是他的主要目标。他指示其他队员紧盯下车的犯罪嫌疑人，听他的命令相机行事，自身率领另外两名队员朝天籁车靠近。他正要对林东彦发出行动指令，一名在赢之城后门布控的组员匆匆忙忙地赶来向他汇报了一个意想不到的情况："赢之城南门出现一个偷盗摩托车团伙，正在伺机作案！"

崔伟洪发出暂停行动命令，趁人不注意把提供情况的队员拉进车里，问："哪个团伙？"

队员轻声说："经常在花都和清远流窜作案的那个团伙。"

崔伟洪瞄了一眼天籁车上的犯罪嫌疑人，看提供案情的民警并没有引起对方的怀疑便继续追问说："一共来了几个人？"

"来了六个人，看来他们这次是想来票大的。他们也分组，三个组，六个人，每组两人。"队员报告的情况让崔伟洪措手不及，他要快速做出应对。他可以现在马上先动手抓捕天籁车上的三个家伙，但是，赢之城离机关幼儿园仅隔两条街，自己在机关幼儿园这边动手万一惊动了赢之城方向的团伙，使他们作鸟兽散，那么便会加大抓捕难度。可现在这些犯罪嫌疑人主动"送上门"来，机不可失，他想将之一网打尽！

一边是林东彦频频朝他示意催他下令出击，另一边是赢之城方向出现特殊案情！怎么办？崔伟洪紧急思索着，他需要选择一个最佳的方案。

"马上回到原来位置，不管出现什么情况，把那六个家伙盯紧了，我派一个小组去支援你们。"崔伟洪打发赢之城来报警的队员赶紧归位。等该队员利用机关幼儿园旁边的自行车店作掩护，迅速撤回到赢之城后，崔伟洪向分局刑警大队求援道："我是光明派出所崔伟洪，我这里出现特殊案情，请分局速派一个小组支援。十五分钟之内务必赶到赢之城附近隐蔽。"

崔伟洪分出一个小组增援赢之城引来了林东彦的不满，十五分钟后崔伟洪下达的"出击"命令更令林东彦失望：崔所为什么要在调出一组人的情况下下达作战命令？调走一组人之后，崔伟洪和自己这边立马捉襟见肘，人手明显不足。但林东彦并未抱怨，待队长下达出击命令后，他带领手下的队员一个箭步冲了上去，迅速将两名犯罪嫌疑人扑倒在地。两名犯罪嫌疑人做梦也没有想到自己居然就这么束手就擒。本来犯罪嫌疑人经过细心观察，看到一个商人模样的人走下车来，从他梳着的背头和穿着的吊带裤看，认定他是珠三角来的富翁，车牌也是广州牌——要知道现在的广州车牌黑市价已到了三十万左右。他们料想这回一定会轻松地钓下这条"水鱼"，可不曾想却栽倒在光明这条小阴沟里。

与此同时，崔伟洪瞅准时机开动自己的车猛地冲了过去，死死地横在天籁车的前面。然后掏出手枪，喝令车上的人下来。车上的人只得乖乖地举手投降。

"面对车门，把手搁在后脑上。"崔伟洪仔细看过车内，确认车上没人后，将三名犯罪嫌疑人用手铐铐了，然后向分局指挥中心报告："报告分局，我们已经将流窜作案盗车辆的三名犯罪嫌疑人捉拿归案。其中一名是首犯'单眼军'。"说完，他将一名穿花格子衬衫的男人扭过身来，不细看还真看不出来，这个男人的左眼无光，原来装的是一只假眼。以他为首的盗车团伙一直盘踞在花都，然后流窜到清远、肇庆和佛山的三水等地作案。因为他们的反侦查能力较强，很难抓捕。今天算是大功一件。另外，崔伟洪向所长和刑警大队反映说："'单眼军'是团伙作案，上一次在赢之城的伏击中主犯'单眼军'没有出现。但是，这一次他们还有团伙成员在其他地方。我们务必采取突审的方式挖出线索，然后一举将他们捕获！"

其实，在这次抓捕"单眼军"盗车团伙的犯罪活动中，崔伟洪心里一直揣着不安：上次赢之城的行动，犯罪嫌疑人在车内随时可以启动车辆来回冲撞，对抓捕构成一定难度，而且上回是在比较封闭的停车场，而现在犯罪嫌疑人的车子是停在比较空旷的街道路面，抓捕行动展开，犯罪嫌疑人肯定狗急跳墙，开车乱冲乱撞，危及队员不说，万一伤及幼儿园的孩子怎么办？再者，他这边的抓捕动作还不能过大，不能惊动了赢之城那边的摩托车盗窃团伙。

机关幼儿园的抓捕行动一结束，崔伟洪立即率领几名队员赶往赢之城后门一侧。赶到一看，他一颗悬着的心落地，分局刑警大队神速赶到，和光明派出所的设伏队员们将摩托车盗窃团伙抓获，无一漏网，崔伟洪这才长长地舒了一口气。

赛事以外 25

崔伟洪带领光明派出所多次伏击"单眼军"盗窃车辆团伙并将该团伙彻底粉碎后,他答应伏击队员们的要求:带领大家一起去"浪"一次。话说出去了,但是去哪里好?飞霞山还是笔架山?英德还是连州?飞霞山和笔架山确实很不错。就拿飞霞山来说吧,是省级风景名胜区和省级旅游度假胜地,山川秀丽,古迹众多。一江两岸七十二峰,峰奇险峻。江水曲折回环,奔泻其间,构成一幅"一水远赴海,两山高入云"的大自然美景。那里是天然的氧吧,常见的树种有樟树、松树、杉树、山茶树、木兰树、五味子等;花草的品种也繁多,比如金缕梅、番荔枝、蔷薇、杜英、蝶形花、灰冬青、茜草、卫矛、藤黄杜鹃花,还有好多说不上名字的植物,是天然避暑的好地方。可惜现在不是春天,要不然还可以欣赏到"禾雀花王"。天哪,那棵禾雀花枝藤攀缘占地3000平方米,花开万束,花藤粗如臂膀,根系发达,据说树龄已超

300年。建于1400多年前的飞来寺，与韶关的南华寺、肇庆的白云寺并称为岭南三大古寺。古代先贤慕名来游，留下三百多首诗赋文章，上百通摩崖石刻及数十篇神话传说故事，并留下了苏轼、袁枚、海瑞、屈大均等大文豪墨迹。最近还听说有一位当地的作者专门为飞来寺写了一百多首近体诗呢，不知道他们的灵感是从哪里来的。但是，当他让林东彦去征求大伙的"意见"时，大家都默不作声，后来私下里一打听，现在大家都办了市民卡，卡里只要充200元钱，这些景区任意去——许多人不仅是自己还带着家人去过多次了。英德和连州是清远辖内的两个县级市，好玩的地方虽然多，但对大家而言也不新奇⋯⋯

到底怎么玩呢？着实让崔伟洪苦恼：真是千张嘴千个口味，没有一个是统一的。最后崔伟洪决定来硬的——再也不去调查了，再也不去问谁了，还是自己说了算！干什么好？打篮球呗！同谁打？发扬民主——

"发扬民主"的任务又落到了林东彦的身上。林东彦真不敢有辱使命，一通调查下来，结果是除了"不与刘国松他们百加派出所"打比赛外，同其他人打都无所谓。

"我就偏要同刘国松他们所去拼一场不可。难道我们场场都输？"崔伟洪使性子说。

"别别别，我说崔副所长。你明明知道刘国松他们百加派出所打球时使绊子，搞什么'艺术犯规'，你还去招惹人家？大家都说不去送死！"林东彦拉高调子说。见四下没人，便又低声说："我们打不过人家，你还偏把羊群往虎口里送，你就等着大家在背后嚼你舌根吧！"

"那让我想想。哎，好——去刘国洪那里！对，就去他那里！"崔伟洪一拍大腿说。

"去强制隔离戒毒所那里？"林东彦有点不乐意的样子。

崔伟洪笑眯眯地说："就去那里！"

"你认为刘国松、刘国洪是两兄弟？虽然姓名相差一个字，但他们不属同一父母！你认为球场上赢了刘国洪就可以扳回面子羞辱刘国松他们？根本一点联系都没有。"林东彦嘀里嘟噜地说着，他其实是不想同那些吸毒的人在一起，纵使是管教吸毒的人也一样！

崔伟洪似乎看穿了他的心事，说："你就那么讨厌那些吸毒的人？想要教育和改造好他们就必须尊重他们、爱护他们，不能与他们隔离开来。"

话说到这个程度林东彦也没有什么话说，便给自己找了个台阶下："不过，其他队员并没有说不去强制隔离戒毒所打比赛，又不是同吸毒人员打而是同管教人员打！"

"那咱们说好了。我这就同刘国洪约好，我们光明派出所同强制隔离戒毒所来一场篮球友谊赛。我们的目的是：友谊第一、比赛第二！"

"喂，是我。请问你是哪一位？"刘国洪接到崔伟洪电话的时候正在和所长研究工作，他有点不耐烦，"有话请快讲。"

他尴尬地对所长笑笑："光明派出所副所长崔伟洪的电话。"

"就是那个设伏收拾盗窃车辆团伙的崔伟洪吗？你问他有什么事，说完以后我们再谈。"所长开明地说。

刘国洪也就放开声音同崔伟洪说话了："要同我们打一场篮球友谊赛？好好好，我等会答复你！没别的事，我挂了。"

挂好电话，刘国洪对所长说："崔伟洪想同我们打一场篮球比赛。你看行不行？"

"应该没什么问题。"所长说。

"那我按你的意思告诉他。时间就定在这个周五吧。你也参加，听说你夫人去江苏南京学习啦，一个人在家里也没啥意思。"刘国洪说。

"那你参不参加？"所长问。

刘国洪摇了摇头说："我倒想参加，但是条件不允许呀！你看我腰椎间盘突出、坐骨神经痛、全身多发性脂肪瘤……真是什么都不高就是血压高，什么都有就是没有钱。"说完自己笑了起来。稍微停顿了一会儿，他给崔伟洪回复道："本周星期五下午进行篮球赛！"

等他把电话挂掉，所长关心地说："你去人民医院把身体调节调节，身体是革命的本钱！"

"人过了五十岁就一年不如一年，算了，不去看医生啦，自己慢慢调理吧！"刘国洪感慨道。

所长等刘国洪停顿了一会儿后说："还是说回我们刚才的话题吧！你说戒毒人员的家属是怎么想的？一边把他们送来戒毒，一边又来求情对他们放松一点。他们也不懂我们的规矩，还给我们送话费，岂不是害我们吗？"

刘国洪看着所长说："你说怎么办？"

"这样吧，既然是吸毒人员的家属给你的手机充了三百块钱话费，你就给管教对象充三百块的生活补助。"

刘国洪有点不放心地说："这样行不行？会不会违反财务制度？算不算违反八项规定？"

"你这个数目也不大，我给你作证就行了。别在这些事情上过多地花心思，也千万别背什么包袱！"所长断续说，"我们所离不开你呀！你是顶梁柱！听说最近你在理论学习上也有突破，《清远警察》上发表了你的论文。"

说到自己的论文，刘国洪打开了话匣子，他谦虚地说："我哪有那水平？你又不是不知道，我是大老粗来的。那是一个同事写的一篇调查报告，我看了觉得很有意义。比如他说的我省吸毒人员现状，确实应该引起我们注意了。"

"情况是比较严重，但绝没有人们想象中那样糟糕。"站在所长的位置说话，有时不得不打些官腔。

"那我不抱乐观态度呢。"刘国洪是行伍出身，心里怎么想嘴里怎么说。

所长其实最关心所里的实际情况，表面上却依然平静地说："说来听听。"

刘国洪也不加思索地回答说："比如他提到的现状，就存在如下的问题——毒情发展呈上升趋势。"

"清远地处粤北山区，往北毗邻湖南、广西两省区，南与珠三角发达地区相邻，独特的地理位置以及发达的交通和物流业为不法分子提供了某些便利。"所长插了一句。

刘国洪接着说："刚才提到的那篇调查报告还提到了我们的另外一些情况——吸毒人员数量有所增多，涉毒区域向乡镇渗透。涉毒群体逐步扩展，低龄化趋势也已显现。以前滥用合成毒品人群以社会闲散人员、无业人员、娱乐服务人员等为主，现正逐步扩散至公司企业老板、在校学生，甚至公职人员、公众人物等。"

"打断一下，所谓的隐形吸毒人员（就是指还没有暴露出来的吸毒人员）有是有，但我们不像西方一些国家，他们对吸毒的定义和范围的框定没有我们的严格。比如说，在澳大利亚、加拿大这些地方，冰毒就不算毒，所以他们的隐形吸毒人员更多。我们写文章做学问一定要严谨！"所长的目光盯着刘国洪，他说这些是想继续撩起这个话题，生恐自己不对应着说，刘国洪马上会中止谈话。

刘国洪看出所长对此很有兴趣，自然也乐意往下说："这小子算有才的，我把他的一些观点和看法给你通通搬出来。目前，我国滥用合成毒品主要是冰毒（含冰毒片剂）、K粉、摇头丸等，其中冰毒占绝大部分。现在合成毒品的品种也在翻新。据国家药物滥用监测中心的数据显示，合成毒品滥用人群中多药滥用使用物质达39种，较为典型的合成毒品组合物质达10余种，如'摇头丸''开心水/神仙水''忽悠悠''精神套餐'等。特别值得注意的是，近年来在国际上兴起的新精神活性物质（NPS）制造、贩卖和滥用现象也有发现，一些不法分子为规避现有的法律法规漏洞，对毒品分子结构进行些许修饰或改变为合成毒品类似物衍生物，达到与毒品相似的兴奋或致幻效果，通过互联网与境外客户联络，大肆生产新类型精神活性物质，如NBOme、人工合成大麻素等，这些五花八门的合成毒品和新精神活性物质，因其包装、形状美观精致，极易迷惑青少年。"

"看来，他是下了一定功夫进行调查的。我们现在最缺少的是解决问题的办法，他是怎么说的？"所长开始有点兴趣了。

刘国洪说："他的措施也很到位，他说：制定出台我市禁毒工作意见。党委、政府要定期听取禁毒工作汇报，专题研究解决推进工作中存在的问题，进一步完善和落实重点地区通报、约谈、挂牌整治和禁毒工作督导问责制度。把禁毒工作纳入社会治安综治考评。市禁毒办将毒情较为严峻和禁毒工作滞后的地区列为重点整治地区和高度关注地区，并建立完善禁毒工作保障机制,进一步完善和落实重点地区通报、约谈、挂牌整治和禁毒工作督导问责制度。同时,根据省禁毒委的要求,建议市委、市政府把禁毒工作纳入各地精神文明评比和综治考核,纳入各级党政领导班子和领导干部政绩考核,实行一票否决制。通过落实'全民禁毒工程'三年整治工作,以扭转清远禁毒工作滞后的局面。解决各级禁毒办'空心化'的问题。明确各级政府禁毒职责,尽快解决禁毒办职能转移以及人员合并后出现的'空心化'问题,配备符合清远毒情实际的机构编制和基层领导职数,做到机构、编制、人员、工作'四到位',力争实现实体化运转。推动县级公安机关成立独立专职禁毒队伍。必须充分认识禁毒工作的长期性、艰巨性及毒品问题的严峻性、反复性,根据我市目前的实际情况,成立独立专职的禁毒队伍是大势所趋。加快清远市病残吸毒人员收治场所建设工作。加强禁毒工作经费保障。全面开展吸毒人员网格化服务管理工作。"

这次谈话令所长对刘国洪更加刮目相看。

26 特殊关照

星期五的下午，光明派出所全体民警除值班人员和窗口服务人员外全部乘坐一辆中巴来到清城区强制隔离戒毒所。戒毒所教导员刘国洪亲自来到门口迎接。崔伟洪下车后客气地说："谢谢你。给你添麻烦了。"

"说哪里话呢，我们戒毒所热烈欢迎各位的到来。"说完便呱唧呱唧地拍了几下手掌。

"刘教，别孤掌难鸣了。"穿着5号球衣的林东彦笑嘻嘻地走下车来。

刘国洪对林东彦说："我们的队员已经在比赛场上恭候你们了。"

大家簇拥着崔伟洪和刘国洪向戒毒所的篮球场走去。刘国洪看到林东彦穿了一件绿色的球衣，打趣道："你这身打扮可是很'环保'啊。"

一句话逗得大家哈哈大笑。

比赛进行当中，刘国洪用手臂轻轻碰了碰崔伟洪说:"你先在这里压压阵,我还要去各仓检查检查。"

崔伟洪点了点头说:"好的,你去忙吧!"

刘国洪说完便去各仓巡查。望着他的背影,崔伟洪不禁在内心里赞许道:人的素质并不是挂在嘴上的,而是体现在行动上,特别是一些细微之处。所谓细节决定成败,小心驶得万年船——刘国洪,我为你点赞!这次学习没有白来!

清远市清城区强制隔离戒毒所一共有两百多个仓,男女分仓。刘国洪首先进入男仓,那些被管教人员见了他都纷纷同他打招呼。

"刘教导员,上月的生日晚会咋不见你来呢?"

"刘教导员,上次歌咏比赛我得了三等奖,奖品水杯的质量不行,你能给换一个吗?"

"刘教导员,听管教说你上一次昏倒了,现在好了吗?"

"是哟,听说很严重的,得的是心脑血管病。那你得注意啦,心脑血管病可不是闹着玩的。"

…………

看似提了许多问题,其实大家只是借口同他聊几句天,握握他的手。

刘国洪来到212仓。今天全仓人都出去看篮球比赛了,偌大一个宿舍显得有点冷清。无论是有人还是没人,他都要到每个仓的床位看看,这是他保持了多年的巡查仓室的习惯。当他来到里面的铺位时,发现床上还躺着个人,铺位的外沿写着这位被管教人员的名字:钱某某。钱某某的头完全用被子蒙住。他走到床边的时候钱某某也没有反应。他伸手把钱某某的被子揭开,发现钱某某满头大汗,全身抽搐,不省人事。隔壁仓的管教人员发现情况后也过来帮忙把钱某某一起扶到了刘国洪的背上。来到戒毒所医务室做过初步处置后,刘国洪迅速组织管教人员和医务人员紧急把钱某某送往附近的清远市中医院……

回到戒毒所大门口时,接待室里坐满了来自各地的被管教人员家属。有讲客家话的,有讲潮汕话的,也有讲外省方言的,他们隔着玻璃窗述说着各自的心肠。外面的人很难过,但忍泪劝慰里面的人好好改造;里面的人十分惭愧,痛恨自己没有趁早醒悟,误入歧途给家庭和社会造成莫大的痛苦。动情处,低泣声充满了整个接待室。

刘国洪不知怎么了,今天也被这个场所感染。他正想转身离开这个令人伤心的地方,却发现一个七十多岁的老太蜷曲在接待室墙角里。老人个子不高,脸色呈酱红色,一道一道的皱纹里贮满了人世的沧桑。老人没有哭泣,呆呆地看着那些玻璃窗内外互诉衷肠的人们。刘国洪忍不住赶忙从门口的桶装水里用一次性水杯倒了一杯水递给老人:"阿婆,喝口水吧!"

"我不渴。"老人抬头看着刘国洪摇了摇头,从身侧拿出一个压瘪了的矿泉水瓶喝了一口水,"谢谢。我不渴。"

刘国洪弯腰扶起老太太坐到接待室的椅子上,问:"阿婆,有什么事?"

"我是从贵州来的,我姓何。我的儿子叫黄某伟,就住在里面。我见不到他。"老人一口贵州话,刘国洪只听了个大概。

他附耳在老人的嘴边,说:"阿婆,你再说一遍好吗?"

"我是贵州人,今天大老远来看我的儿子黄某伟。他吸毒,被关在里面。他们不让我见。"老人又重复了一遍。

刘国洪还有点不明就里。其中有一位来探仓的人听得懂贵州话,解释道:"阿姨说她是贵州人,她今天从贵州坐火车来看她的儿子。她儿子叫黄某伟,在里面戒毒。"

"那你为何不见你儿子?"刘国洪问道。

"他们不让。"老人家指了指办理接待手续的窗口。

刘国洪让老人家坐好，径直来到办理接待手续的窗口对里面的工作人员说："怎么回事？怎么不让老人家看她的儿子？"

正在办理接待手续的一位女民警想起身来说明情况，刘国洪让她不要动，说："你忙吧。外面还有人呢，你叫你的同事过来一下。"

里面走出一位工作人员来到刘国洪身边："刘教导员，你好！"

"为什么不让这位老人家看她的儿子？"刘国洪把工作人员引到老太太的身边，脸上流露出不快的神色。

工作人员笑着解释道："刘教，是这样的，这位婆婆姓何。她中午来我们接待处要求见她的儿子黄某伟。但是，很可能老人家过于心急，出门时忘记带身份证和户口本，身上也拿不出证明身份的证件，不能确定她与黄某伟的母子关系。我们无法给她办理有关手续，她便迟迟不愿离去。"

"遇到这种情况你们要赶紧给所里领导打电话，汇报有关情况。人家千里迢迢从贵州赶来清远就是想见儿子一面，你们却让她蜷曲在这个冰冷的墙角。你们忘了我平时是怎么同你们说的了吗？"刘国洪严肃地对那位工作人员说，"你赶紧从公安内网去查证这位阿婆同黄某伟的关系，能证明是母子关系的话马上让他们相见。"

"是。"工作人员答应一声往里走去。

"我就在这里等你的消息。"刘国洪补充了一句。

老人终于见到了她的儿子。黄某伟见到母亲，听到母亲述说探视自己的曲折经历，立即给刘国洪鞠躬致谢："谢谢管教！我以后会更加积极主动改造，争取早日回到亲人身边。"

27 案发现场

"天下平安"是和平时期警察们的最大心愿——他们在祈祷天下人平安的同时也在祈祷自己平安！但是，只要人类存在一天，犯罪就如太阳下的影子，不可消除，所以才有了警察这个职业。

公安工作中的刑事技术，除了用"心细如发"再不好用什么适当的词语来形容，它需要从容易忽略的小细节和蛛丝马迹中发现问题，为侦破案件提供最直接证据。同时，它也是一种训练有素的能力——需要职业敏感性，要在一大堆杂乱无章的事物中迅速抓住事物的本质。换句话说：从事这种工作的人要像孙悟空一样，具有一双"火眼金睛"。

雷汝周就有一双"火眼金睛"。他是清远市公安局清城分局司法鉴定中心主任，今年正好五十岁，在刑技线上足足工作了十五个年头。如果刑技线上的工作相当于太上老君的炼丹炉的话，他在这个炉里足足炼了十五个年头——"火眼金睛"就是这么炼成的！

他参与勘查的各类案件5000多宗，出具各类检验鉴定书近万份，利用刑事技术破获刑事案件500多起。

雷汝周说话音调不高、声色纯正，对自己很有自信，办案坚持以证据说话，天生是干刑技的材料。他利用科学方法精确打击罪犯，为许多重大、特大疑难案件的侦破提供了关键线索，先后荣立三等功一次，嘉奖三次，先进个人八次，优秀个人三次，优秀党员三次，省、市优秀技术员各一次，2017年被公安部授予"全国公安机关刑事案件现场勘查优秀民警"光荣称号，中央电视台《天网》专题栏目还介绍过他的事迹——《北门街上的魅影》，听起来就让人想起侦破大片……

很多人只知道他获得了多种荣誉称号，得到了嘉奖，但很少有人知道，在这些荣誉称号和嘉奖背后，这位鉴定专家花费了多少心血和汗水。

那是2017年4月13日凌晨1点，清远市清城区东城街道办发生一宗因嫖娼引发的恶性杀人案：两人死亡，两人负伤！

雷汝周正在广州出差，助手王杰凌晨接到案情，15分钟内就赶到了现场。当时的现场一片狼藉，啤酒瓶的碎片在路灯的照射下散发着寒光，西瓜皮和干果壳遍布每一个角落，水泥地面上是一圈一圈的污汁，斗殴现场留下遍地凌乱的血迹和足印，场景要多恐怖就有多恐怖！

由于血迹和足印太过凌乱，现场勘查工作一筹莫展。足足过去四个小时，王杰仍然毫无头绪，他的脑海中除了血迹足印，还是血迹足印……

"没见过这么乱糟糟的现场。"王杰摇头——这个来自湖北的小伙子科班出身，工作态度端正、认真，说话中气很足，条理清晰。他一边低头仔细观察一边嘟哝着。

"放耐心点。"正当王杰陷入困境的时候,雷汝周来到了现场。

"雷队,你怎么赶回来了?"王杰惊喜地答道。

"如此恶性案件,我接到你的电话就办理宾馆退房手续往回赶。"雷汝周一来便进入了工作状态,"这一大片的痕迹肯定会留下对我们有用的证据。"

王杰一边介绍案发现场勘查情况一边递给他口罩和手套,雷汝周抬头扫视着周边。

"王杰,到外围去,把那片街巷也纳入勘查范围。"雷汝周不相信,一个死伤四个人的斗殴现场竟会连一点有用的线索都没有?这不可能!他让同事们散开,逐条巷子查,逐片石头查,就连石缝中的杂草里也要查它个底朝天。

就在同事们满脸无奈的时候,雷汝周终于在旁边的小巷子地面发现了一成淌滴状血迹。这条淌滴状血迹不仅远离中心现场,而且血量非常少,不是经验丰富的人不可能发现,且这条淌滴状血迹与负伤者逃往医院的方向完全相反。

淌滴状血迹被发现,登时让疲态不堪的同事们重新焕发出精神。雷汝周脑海中呈现出这样一幅情景:两帮身上藏有凶器的"古惑仔"迎面走近,相互指责、谩骂,一言不合便拔刀相向直朝对方身上招呼,招招要命,刀光剑影中数人倒在血泊中,惊慌之下各把自己受伤同伙或抬或拽,迅速逃离现场——而这个淌滴状流血者没选择与众人一块儿逃逸,也没有选择到医院治疗,而是"淡定"地沿相反方向独自走入小巷,剧痛中伤手上的血滴到路面……

雷汝周经过对淌滴状血迹的形态、距离、分布的位置分析出:此血迹是案犯左手或手掌部位受伤后快速步行摆动时所形成的。

雷汝周对现场的分析让同事们对他更加刮目相看,大家不顾疲劳，沿着血迹一路追踪到凶手的住处。

这是一幢四层楼宇，通过调取监控视频，证实了雷汝周对现场的判断。雷汝周找来房东，向他了解情况，让他配合调查缉拿犯罪嫌疑人。房东把一众警察带到二楼，打开犯罪嫌疑人房门，犯罪嫌疑人不在。雷汝周率领队员们对屋内展开搜索，找到一把带血折叠刀，带血的手机和血衣，在刀上提取到血指纹。

至此，案件应该可说得上成功告破一大半，剩下来的任务只需通过查明凶手身份展开抓捕。在现场的同志们都感到可以松口气了，但雷汝周就是感觉缺少了什么，案件的侦破似乎仍有不足，他说："王杰，案件破了？"

王杰迟疑地答道："案子虽然没有破，但是，我们找到行凶者凶器，找到血衣，提取了指纹，只等把凶犯抓获归案——那是外勤刑警的事！"

雷汝周紧盯王杰："是，凶器、血衣、指纹都有了，但凶手姓什么叫什么我们还没有查清楚，这才是关键。"继而，他交代王杰，说："你赶紧把大队的人叫过来，马上对犯罪嫌疑人进行抓捕。"

"房东虽然也不知道犯罪嫌疑人叫什么，是哪里人，但一大堆的证据，他想跑也跑不掉的。"王杰说。

雷汝周摇摇头："不，我们做得还不够，得查清楚犯罪嫌疑人身份。如果不能当场确认其身份等其明白过来逃离以后会给抓捕工作带来许多麻烦。"

雷汝周已经考虑成熟，王杰从队长眼里看到了与敌人斗智斗勇，看到了极致的工作态度。

"那咱们……现在做什么？"王杰等候雷汝周给自己下指令。

"走，再到凶手房间，里面肯定还会有我们想要的东西！"

雷汝周毋庸置疑地说。

雷汝周的话感染了王杰："听你的，雷队。"

王杰和雷汝周带领队员再返二楼凶手住室，对屋内仔细彻底搜查。他们检查了床铺，检查了梳妆台，检查了衣柜……凡是能够藏东西的地方，他们都认真地进行了检查，但是并没有发现什么。正要离开的时候，雷汝周在衣柜门边搁着的两包衣服袋子里，搜出了两张身份证件，犯罪嫌疑人身份终于被锁定，整个凶案证据搜集工作至此完美收官。

雷汝周拿出手机看看钟点，时间已到了上午九点十分，现场勘查不知不觉地进行了八个多小时。雷汝周抬头望向天空，再回望勘查现场的这帮充满朝气的脸庞，脸上露出满足的笑容，所有的疲乏劳累一扫而空。几年来自己通过传、帮、带，培养了一大批得力干将，小伙子们在历练、在成长，假以时日，他们也会像自己今天一样，带领新人战斗在公安工作最前线。

有了这两张身份证件和淌滴状血迹，分局追捕小组对凶犯展开追逃抓捕，于当天夜晚把已经逃到广州火车站，准备"远走高飞"的犯罪嫌疑人成功抓捕归案。

通过对犯罪嫌疑人进行突审，刑警查明了这是一起因嫖娼引发的恶性案件。根据犯罪嫌疑人对现场的指认，刑警队员们又迅速锁定了几间出租屋进而破获了一起组织卖淫案，一干犯罪嫌疑人悉数落入法网，这宗两死两伤的特大命案，警官们仅用24小时便成功告破。

要不是雷汝周不满足，率队重返犯罪嫌疑人居住处进行彻底搜查，及时搜出犯罪嫌疑人身份证，抓捕行动就会迟缓，已经溜到广州火车站的犯罪嫌疑人就会逃之夭夭……但这一切都在雷汝周和他同事们的耐心和细致的侦查下没有发生。

28 诡异的案例

世界上离奇、诡异的事情很多，就算最具丰富想象力的小说家、剧作者也难推演出其中情节。那些疯狂的、叛离人类正常行为的举止真让人感觉匪夷所思。

2017年9月的一天。又一起诡异的凶杀案——

面对白天同事们的不同意见，雷汝周陷入深思，时值深夜毫无睡意。他坚信自己的判断，现场尸体旁边的剪刀、床单、电锯、碎肉机等这些听起来只在电影里出现的作案工具——案件还没有最终确认，姑且暂时把这些工具称为器具亦未尝不可——每一件都足以判定这个不到三十岁的女人是一个逻辑思维缜密的杀人犯罪嫌疑人。

她一口咬定丈夫是因为醉酒导致死亡。面对再三的审讯，她对答如流，所有回答也像早已经演绎好的台词，滴水不漏。她还一度要求警方将她释放，因为警方不能在没有证据之下对她实施拘留。刑警们没有办法，告诉她：拘留她的理由不是杀人罪而是侮辱尸体罪。

犯罪嫌疑人的辩解使办案民警对案件的性质产生不同意见，使案件难有结论。到底是妻子凶残地杀死了丈夫还是丈夫醉酒死亡？双方僵持不下。这让雷汝周陷入了深思，满脑子都是案情，苦思冥想之中他突然想起一部名叫"本能"的外国电影，脑海里回忆着影片中女主人公把杀人经过和细节写进自己书中的情节。他忽然坐直身子说道："我肯定你就是女凶手。"

他的异常举动和话语把熟睡中的妻子吵醒了。她睡意蒙眬地问："有什么事不能明天说吗？"

"没事。"他起身安抚好妻子，帮妻子把被角压紧，然后蹑手蹑脚地走出房间。他再也按捺不住了，穿好衣服，拨通助手王杰的电话，让王杰赶回鉴定中心。他很了解助手的工作态度，只要是工作，就能随叫随到。

已经睡下的王杰接到队长电话，没有犹豫，起身穿上衣服就往办公室赶去。

先一步回到中心的雷汝周打开了办公室的电灯，从保险柜里找出案情分析报告，但视线似乎没有关注资料，而是在回忆案发现场——

凶案现场是一间居室，一具男尸被床单紧裹，床单被剪刀剪出一道口子，床底下有电锯、碎肉机和半桶汽油——这让见惯各种案件现场的雷汝周都感到震惊！雷汝周和王杰等人仔细对居室展开勘查。

"电锯、碎肉机和汽油，这些作案工具，她是要碎尸还是灭迹？"王杰不解地问。

"不知道……如果是，这个女人太可怕。"雷汝周一边答一边走向浴室，虽然经过冲洗拖扫，但浴室还是留有明显的拖拽痕迹……

门外响起脚步声，王杰拎着一只公文包进来："雷队好！"

他的到来，打断了雷汝周对现场的回忆。

"就知道你会有电话给我，雷队。我昨晚很晚才睡，一直在追一部反特故事片。正纳闷怎么还不见你电话……就小睡了一会儿，然后被你吵醒！"王杰快言快语，侧目看了一眼雷汝周的眼睛，"你眼睛满是血丝，雷队。大体情况应该同我一样？还是压根就没睡？唉，岁月不饶人啦，注意身体。"

"那女人是犯罪嫌疑人。逃不了的。"雷汝周定睛看着王杰，没有理会他的玩笑，他的脑子已经深入到了案件里，两眼发光地看着王杰，似乎王杰就是凶手。王杰早已熟悉了队长这种眼神——这样的眼神只有深入思考的人才有——每次在队长这种眼神前王杰都有点不寒而栗：队长会不会得了什么精神上的疾病？会不会有一天真把我当成犯罪嫌疑人？我自己会不会也像他一样？在夫妻生活中他会不会也这样疑神疑鬼？他会不会就是人们常说的另一类天才？

一长串的疑问充斥在王杰的脑海中，令他头脑发胀——他，走神了！

"你没听我问你的话。"雷汝周提醒他说。

王杰回过神，看到师傅雷汝周一本正经的样子，笑道："雷队，我刚才同你说话，你一直没心搭理我，案件是不是有新的发现？"

雷汝周若有所思地说："我在想，我们还得对犯罪嫌疑人进行讯问。"

"今晚？现在？这个钟点？"王杰连发三问，抬手看看手表，指针已指向两点，"由我们去提审案犯？还是请命案中队帮忙，让他们来审，我们旁听。他们审讯犯罪嫌疑人有自己的一套，这可不是我们的专长。再说，由我们搞刑事技术的去进行审讯，有越权的嫌疑。"

"我是说去查阅对她的刑事审讯笔录。之前对她的审讯笔录我们看过几次，但我们处于下风，现在如果刑警大队有谁出其不意加以审讯，或能收到意想不到的好效果。"雷汝周胸有成竹地说。

"太早了，队长。案管中心的人还没上班，你调阅不了审讯档案。再说，正在办理当中的案件，档案应没有移交。所以我们去哪里都会扑空。"王杰说。

对于雷汝周想要调阅本案的审讯记录的想法，王杰是赞成的，并且认为：队长有这个想法一定已经深思熟虑，一定是有把握才做这样的决定。

不过，王杰对本案有自己的思路，想把自己的想法和思路告诉队长——这个女犯罪嫌疑人不好对付。他说："她对讯问的回答很正常，也很得体，滴水不漏，合乎逻辑。攻下她不会那么简单。"

"就是太正常，所以才可疑。你想，当她发现丈夫死了，如果感情好她就会痛苦不堪；如果感情一般她应该马上报案，让警察处理——一方面可以自避嫌疑，另一方面还可助警察迅速找到凶手。但她都没有，说发现丈夫喝醉，与她发生争执，正常来说，醉酒后发生争执亦属正当，但有个细节，她为什么在发现丈夫死后一整晚独自坐在电梯口？旁边的汽油是干什么的？想焚尸灭迹？"

"她的原话是'我当时脑袋乱，也不知道自己想要干什么，所以想到烧尸体'。"王杰补充道，努力回忆犯罪嫌疑人的每一句话。

"不，不，这解释不通，你细想一下，她已经准备好了一应用具，电锯、碎肉机，为什么还要烧？这是标准的焚尸灭迹！"雷汝周尽量使自己的语气放平缓。

王杰摇头："总之，我的直觉是这案子太诡异，这女人很不简单。"

"你也怀疑是她杀的人？"雷汝周照直问王杰。

王杰点头："不是她还有谁？案情分析会我倾向你的意见，虽然犯罪嫌疑人对审讯的回答没有出现丝毫漏洞，但我仍然认为有破绽，但我们需要证据，也需要找出她的动机。"

"你说对了。"雷汝周递给王杰两页书面材料。王杰认真看完，轻轻放下，点头说："果然昨夜一夜没睡，这个报告是你没睡的证据。这些材料可以作为突破口。"王杰说。

"电锯、碎肉机用来消尸，汽油用来灭迹。这些都是证据，而她杀人的动机也不难发现——她曾经到派出所报案，说她丈夫对她家暴，而且，不止一次。我怀疑，她趁着丈夫喝醉了酒把他杀死，然后想碎尸！"

王杰双眼放亮："找出了动机，好多事情就不难解释。碎肉机、电锯等作案工具的存在便很合理。她自己说的'头脑乱了''不知道自己在干什么'等解释，便不攻自破。"

"我们从事刑技工作的人着重点在找证据和线索，时刻为刑侦工作提供服务。所以一定要细心，至于作案动机就由办案单位去办了。"雷汝周很高兴，因为助手跟上了自己的思路。

"我们可以做这样的设想：丈夫喝醉回家，两人又发生争吵，其间双方扭打，喝醉的人脚步轻浮，没有力量，扭打中倒地——这个她也供述过。关键是，丈夫倒地后她是旧恨新仇一起涌上心头，然后把他弄到床上用枕头或被褥之类捂死他呢还是真像她所说的她丈夫是醉死后被她搬上床？"

王杰也说不出一个所以然来，便说："这些都不是我们要推理的。一句话，就是让命案中队的人去做！"

"他们命案中队也在努力。昨晚，据中队的人讲，她还上网搜索过'割脉'的词条。"雷汝周说。

王杰有点兴奋地站起身："队长，现在就走。"

雷汝周惊疑地抬头问："去哪里？"

王杰说："不是要去借阅案件卷宗？"

雷汝周轻轻点头，说："天还没亮呢。"

王杰："你不去？"

雷汝周关掉屋内电灯，拉着王杰离开鉴定中心，说："走。我们先去吃早餐，我请客。吃过早餐我们再去刑侦大队查资料，再帮他们找到这个女人的犯罪线索！"

拂晓时分，城市还在沉睡。

雷汝周驾车，行驶在寂静的马路上。副驾驶座上的王杰侧看着雷汝周，想起队长和自己接受中央电视台《天网》栏目记者专访的情景——

一段时间，清城区北门街一带连续发生几起敲碎汽车玻璃偷窃钱物的案件，失窃的事主有本地人，有投资商，有港澳台同胞等，其中最大一宗案件的失主损失现金近二十万元。

接到报案后，清城区公安分局对案件进行分析，雷汝周通过现场勘查，发现有几个共同特点：被盗车辆大多集中在大排档、酒楼和商场等具有大型停车场的场所，车窗玻璃被人用工具打破一个圆洞，然后呈网状散落，犯罪嫌疑人伺机盗取车内财物。而且，每起案件中，犯罪嫌疑人都没有在现场留下什么痕迹，很显然犯罪嫌疑人反侦查能力很强，给侦破工作带来了很大的困难。功夫不负有心人，雷汝周、王杰等人钻车底、爬车窗，运用娴熟的勘查技术，终于在其中一起案件中提取到一枚指纹，雷汝周提取指纹后很自信地说："犯罪嫌疑人自以为聪明，但百密一疏。"

"雷队，他们的作案工具有可能是弹珠枪。"王杰提醒他。

现场，王杰一边把指纹套封好，一边查看小车车窗玻璃中心圆点和成网状开裂形态的玻璃。

刑警们根据雷汝周们提供的证据果然将犯罪嫌疑人抓获，经审问，不出雷汝周所料：犯罪嫌疑人作案前预先用弹珠将目标车辆的玻璃击裂，车窗玻璃不会立即破碎，只是开裂成网状，随后犯罪嫌疑人会在隐蔽处进行观察，如果被车主或别人发现，他们便马上撤离，否则，他们再用锤子等工具轻轻砸碎车窗……

雷汝周还发现这个犯案团伙不仅盗窃小车内财物，还利用夜色掩护，用夹子、镊子等作案工具，采取尾随、跟踪、前后掩护等手段进行盗窃。刑警队员根据雷汝周和王杰技术提供的线索很快将犯罪嫌疑人团伙锁定，并经过周密部署，果断出击，一举将这伙犯罪嫌疑人抓获。

29 蛛丝马迹

早餐后，雷汝周和王杰回到刑警大队查阅有关女犯罪嫌疑人的卷宗材料。正好碰到刑警大队大队长与另一名刑警要去提审这位女犯罪嫌疑人。得知雷汝周的来意后，刑警大队队长告诉他正准备提审她。雷汝周要求在观察室观察对她的审讯，刑警大队队长同意了雷汝周的请求。

看守所将女犯罪嫌疑人押到了审问室，刑警大队队长面对该女子，单刀直入。

"据你上次交代，你发现丈夫死在床上的时间是晚上十点左右，发现丈夫死了，你很害怕，所以在电梯口坐到第二天早上。"

女人不吭声，点头承认刑警大队队长的话。

刑警大队队长严肃地说："请你回答'是'还是'不是'。"

女人回答："是。"

刑警大队队长用很肯定的语气否定她："不，你不是害怕，你是在思考怎样处理尸体。如果你感到害怕，就应该马上报案，可你没有！"

女嫌疑人并不慌乱，淡然回答："我就是因为害怕才没敢报警，所以在电梯口坐了一整晚。"

刑警大队队长和刑警A相互对视一眼："再把之前说的你说丈夫喝醉酒，回到家来与你发生争执的过程述说一遍。"

"我已经说过多次。"女人喘口气，"他喝醉了，回来对我家暴，我们争执，扭打，其间他倒在地，后脑碰在地板上，但当时没事，只是躺在地板上，我把他抱上床就没理他了，直到发现他没动静，才知道他已经死了。"

刑警大队队长根本不信她的话："怎么发现他没呼吸的？"

"夜晚睡觉，上床发现。"

"几点？"刑警大队队长当然不会放松。

"十点钟左右。"女人答道，并不因为是刑警大队队长讯问而显慌乱，仍旧冷静。

刑警大队队长目光直视女人："你说的不是事实，如果是，为什么要拖干净地板？分明是在打扫杀人现场！"

"我洗衣服，水把房间弄湿了，当然要拖干净。"女人的回答同上次一样。

"为什么要在当晚上网搜索'割脉'的词条？"

刑警大队队长突然提高声音问，女人眼中闪出一丝的慌乱——这丝慌乱稍纵即逝，但没能逃过刑警大队队长的目光。

"他说可以为我去死，为对我表心迹拿刀割脉，我担心所以上网搜索。"答完，女人调整了一下坐姿，椅子似乎让她感到不太舒适。

刑警大队队长目光不离女人："什么时候买回的电锯、碎肉机？"

"是天亮后，我怕，所以想把尸体处理了。"

"你不是怕，你是把人杀死了想神不知鬼不觉地处理尸体，先用电锯准备把尸体肢解，然后碎肉机绞碎，再然后用汽油焚烧。这个就是你所说的坐在电梯口一整晚的思考，不是你说的害怕！"

"随你怎么说，当时我头脑乱了，也不知道自己在干什么疯狂事。"

"你不是乱来，是预谋！如果头脑乱了，怎么想起要把尸体上的那枚戒指取下来？"

女人迟疑了一下，说："那是他醉在床上后从他手上取下来的，他醉醺醺的，戴在手上不舒服。"

刑警大队队长语含讽刺："不是吧，大概是觉得戒指值钱才取下的吧，可见你还是很清醒的，不是你说的那样很害怕，头脑很乱。你想，一枚戴在手上的戒指能对喝醉的人造成多大的不舒服？而且，你还很清楚取下来后放在电视机上。"

刑警大队队长步步进逼，女人不吭声了。

这是犯罪嫌疑人冷静和头脑清晰的表现，她很清楚对警察的讯问回答得越多，马脚也会露得越多，警察就能根据她的陈述分析出她的可疑处。

"上次你的话是把床上被褥、被套等都清理好的目的是防止死者大小便弄脏床上？"

"我以为醉酒的人会这样。"女人看了一眼刑警大队队长。

"你预谋用电锯锯尸，碎肉机碎尸，你能下得去手？"刑警大队队长很巧妙地问道。

这是刑警大队队长的一个问讯技巧，犯罪嫌疑人稍不留神很容易在答话上露出大破绽，可这个女人没上当，回答相当冷静：

"买回这些东西后我更害怕了，下不了手。"

刑警大队队长："不，你当然下得了，只是案发了，你没来得及实施。"刑警大队队长仔细分析犯罪嫌疑人心理，说道，但女人对他这话没有做回应。

刑警大队队长突然又提高声音："因为你有杀他的动机！"

女人的手抖了一下，尽管抖的动作极其微小但连刑警Ａ也都看出来了。

女人把目光移向别处。

"看着我！"刑警大队队长目不转睛地紧盯着女人："你丈夫经常对你家暴，每次喝醉酒都要虐待你，你对他恨入骨髓，但你半点也没有表现出来，你在忍耐中等待时机。这一次，他又故技重演，你反抗，两人开始互殴，但喝醉酒的他不是你对手，你将他推倒在地，同时杀心顿起，趁他倒地不省人事把他弄到床上，用枕头或者被角将他捂死。"

女人抬头看着刑警大队队长回答："你说的这些是小说和电影里才有的情节，我一个妇道人家不可能像你说的这样冷血，这样谋杀自己丈夫。"

"说得对，这是小说和电影里才会出现的情节，但它被你完全演绎出来，而且，你比电影中的凶犯更残忍和冷静，电锯、碎肉机就是证明，你的预想是先用电锯将尸体肢解，然后碎成肉浆，最后用汽油焚烧。"

刑警大队队长说完，紧紧盯住女人的双眼。

"我说过了，那些都是我头脑慌乱之时买回的，又在头脑已经失去思考能力下做的疯狂事，当时我也不知道自己在干啥，要清醒，我不会这样干，不会买回来这些让你们说这是准备碎尸的证据。"

刑警大队队长冷笑一声："死者的长期施暴，引起你对他的刻骨之恨，只有对一个人怀有深仇大恨才能想到将他碎尸万段！"

女人再不吱声，刑警大队队长仍然紧迫追问："你曾经三次到派出所报案，案情都一样：就是丈夫对你家暴。派出所民警也为你调解过，但作用不大，他依然故我。数次以后，你选择沉默，沉默背后是决定杀死他。这就是整个案件的过程。"

"随你怎么想怎么说吧，你只能以侮辱尸体罪把我关押起来。"

女人的冷静让刑警大队队长更坚信自己对她的判断。

"你过于乐观了，过于低估警方的判断力了，抛开电锯、碎肉机、汽油这些骇人听闻的工具——这些虽然不足以直接定你的罪，但你解释不了你丈夫死后一整夜呆坐在电梯口这件事；解释不了冲洗干净的地板，冲洗地板是怕留下直接证据；解释不了你取下死者手上戒指放在电视机上的行为，因为你不想把戒指和尸体一块儿碎了，这个动作证明你当时头脑十分清晰；你也解释不了案发当晚上网搜索'割脉'的词条，你想乘死者酩酊大醉之机采用割脉的方法置他于死地，但又怕留下直接杀人的证据，所以你放弃了，虽然你说死者手腕的割痕是他对你表示忠心自己划了一刀，但自割和他割不一样，我们对尸体的割痕验证过，这点你疏忽了。"

刑警大队队长每说一段就停顿一下，女人正想驳斥，他又抢过她的话头，不让她有思考空间……监控视频记录整个讯问过程。

"我困了，请让我回去休息。"女人说。

"好吧。今天审讯就到这里。请把审讯记录认真看一遍，然后签字。"民警Ａ说。

刑警大队队长回答女人："请你记着，警方不会冤枉一个好人，但也不会放过一个坏人！"

看押民警进来把犯罪嫌疑人带走，刑警大队队长和刑警Ａ端坐未动，刑警大队队长注意到犯罪嫌疑人低头走到门口时，回头看了自己一眼。等她离开后，刑警大队队长示意刑警Ａ收好记录，让看守所民警把讯问视频拷贝了一份，和刑警Ａ走出讯问室。

"雷队，她会崩溃的！你注意到她走出审问室时回头张望的动作了吗？"走在街上，王杰兴奋地说道。

"直觉告诉我，她就是个冷血的杀人犯罪嫌疑人，从案发到现在我一直坚信这个判断。"雷汝周对王杰说。

王杰再问道："为什么他们不一鼓作气把她攻下来？"

雷汝周对他笑说道："她自以为她最大的心理优势就是可以冷静面对审讯，可以负隅顽抗，你也看出了，她已经开始崩溃，老练的刑警就给她时间构思谎言，下次她会露出更多马脚。"

王杰脸上不见一丝疲累，不禁由衷赞叹："雷队，你们这些老刑警真高明。"

"和罪犯打交道说白了就是斗智斗勇，犯罪嫌疑人就是再冷静，心里也是虚的。"雷汝周说，"再说这个女人长期遭受家暴这也是事实。"

再冷静也是虚的，再冷静也是虚的——王杰若有所思，不禁反复念叨这句话。

城市的清晨在阳光照耀下一派繁荣和谐，这一派祥和有序背后，我们的警察无时无刻不在每个角落保护着我们。

30 上榜

赖小梅这几天特别忙。

教导员刘润彩交办的几件事她虽然已经完成了,但是心里一直没有底。她知道刘润彩也只是在执行局班子会议的决定而已,自己的工作过不过关还要局长和政委发话。而这几项工作对她来说有一定的难度。就拿创建警营文化来说,其实是个系统工程。局里还出台了一个全面的实施方案,里面有:短期规划、中期规划和长期规划。每个阶段都定有目标,还有详细的内容和具体的步骤。

眼下的工作是要撰写荣获"清城最美警察"称号的雷汝周、潘树森、黎海平、陈展能、魏刚5名同志的先进事迹材料,她加班加点才完成了潘树森和黎海平两个人的——唉,甭管一个人的也好两个人的也罢,只要过得了关就谢天谢地。想到这里的时候,她不觉"扑哧"一笑:好像自己整理材料比刑警破案还难一样!想到这里,她又打开电脑修改自己整理的材料——

潘树森：群众的"社区管家"

潘树森同志自参加公安工作以来，深入学习实践科学发展观，牢记职责使命，严格执法，热情服务。他对学习的步伐从未停止，向单位借警务专业书籍读，自己花钱买法律书籍学，并积极向领导和老民警请教，更对当前开展的信息化建设中的自动化办公、警用软件加强操作学习，平时工作抢着干，业务技能加班练，不断总结，在学习中实践，在实践中提高。

潘树森自分到清远市公安局源潭派出所后，深刻领会当前社会大力推进社区警务战略的重要意义，除必要的单位值班执勤、集中学习外，都坚守社区岗位，坚持到社区警务室开展工作，掌握社情民意。在工作中，在警务室对来访群众坚持做到"进门有一张笑脸，出门送一句祝愿，营造和谐氛围，办事尽可能圆满"，受到群众的好评。

为加强人口管理，尽快熟悉群众，他充分利用每年"警民相约警务室"活动，日常走访接待群众，尤其对居民逐户走访调查登记。在调查中，做到进门、见人、见物、查疑，楼不漏户、户不漏人，逐户走访登记。通过调查，社区户情熟悉率达到90%以上，并练就了进百家门、知百家情的基本功，为日常有针对性地开展工作奠定了良好的基础。

入户调查工作完成后，他又把堆积如山的调查资料，进行了细致的统计、归类，经常加班加点，将每户的调查情况输入电脑并打印成册，查找时快速准确。

在工作中，潘树森始终把群众的利益放在第一位，积极落实上级走访要求，走家串户，看望孤寡老人，帮助困难群众，想群众所想，急群众所急，用爱心帮助贫弱，用热心化解纠纷。近年来，他和巡防队员在社区已接待走访群众2800人次，为群众提供咨询310余次，为群众解决实际困难36件。

在安全防范方面，他常和居委会、物业保安和巡防队员对社区进行巡逻检查，走访社区群众，了解治安状况，并根据当前发案情况，有针对性地提出建议意见。他利用在社区警务室接待来访群众和走访群众的机会，向居民发放警民联系卡上百余张，警民联系卡上有民警的照片和电话，无论在警务室、办公室还是家里，他时常接到群众的电话，有报案的，有咨询问题的，有邻里纠纷让去帮助调解的，还有聊天的……不少群众说社区有了警务室，相当于派出所开到了家门口，感到民警时刻就在身边，更加方便了群众，密切了警民关系，提高了人民群众的安全感。

为促进社区平安和谐，潘树森主动与社区居委会、物业等相关单位协调，注重依靠居委会、物业保安、广大群众及信息网络开展工作。在工作中，他不断探索新方法，大力组织社区活动，主要有：一是社区警务室、居委会、物业每周碰头会。二是城区大型活动安保动员会。三是积极在社区、单位进行法制宣传，在医专二院、中学等进行法制教育课。通过协调会、动员会、法制宣传活动，密切了警民关系，在工作中得到群众的大力支持和配合，提高群众的安全防范意识，查找隐患，及时整改，调动了相关人员的安全防范工作的积极性，具体分工，责任到人，收到了良好的效果。

加入公安战线后，他几乎没有完整的星期六、星期天，而且越到节假日工作越忙，甚至可能几天不回家，也不能很好地照顾妻儿家人。但作为一名人民警察，他时刻把群众当亲人，视工作为使命，家里的事再大，也是小事，人民群众的事再小，也是大事。如果有事找他，说有点个人的事情，他可能会因工作忙走不开，如果群众说有工作的事，他会以最快的时间赶到，这就是他对工作的执着。

如今他荣获了"清城最美警察"称号，可他说，现在社会农村警务战略要求及公安机关三项建设中，自己要学、要做的还很多，自己会把工作当事业干，为辖区群众创造平安环境，为促进文明和谐社区建设而努力工作。凭他对事业的忠诚、敬业、勤奋和坚韧，再加上他乐观、进取、创新、奉献的思想，他坚信会把社区警务工作做得更好。

她又仔细看了一遍，觉得再无错别字以后便满意地笑了。这篇稿件长短合适，也符合时下的口吻，刘主任那里肯定会过关。回过头来，她又打开了另一个文档——

安宁和谐，抒写着无悔的青春

社区警务工作千头万绪，开展群众工作、掌握社情民意、管理实有人口、组织安全防范、维护治安秩序，每项工作都错综交替、马虎不得。在工作中，黎海平把人民群众的安全感和满意度作为检验和衡量辖区治安工作的根本标准，牢固树立"警区就是防区，警务就是服务"的工作理念，多策并举做强农村警务，努力探索农村警务工作新思路，充分利用微信平台等新兴媒体以及社会资源，发动群众共同参与社会治安综合治理，提升龙塘辖区的治安防控能力。他先后推出了"三依三动"工作法、微信巡逻定位、发放"警民联系卡"等措施，实现了队伍管理与工作成效的双丰收。分管社区警务工作以来，黎海平主导了派出所的党建工作并争取成为示范点派出所，主导创建重性精神病患者管理示范点工作成为全市标杆，主导创建公寓、流动人口合规管理的新模式为公安基础管理提供新方法，参与创建社区戒毒（康复）工作示范点，参与创建了平安校园无发生一例在校生被伤害的事件，参与创建了无邪教示范镇。

俗话说，火车跑得快，全靠车头带。黎海平作为派出所的副所长，既要分管社区工作，又要协助所长做好全所的队伍管理工作。在队伍管理中，以党建为抓手，建立了警营文化走廊、廉政教育走廊、党建室，经常组织全所民警学习中央"八项规定"、公安部"五条禁令""三项纪律"和公安机关人民警察纪律条令等有关规定和纪律条令，建立完善了13项所内制度，让民警在学习教育、职责任务、考勤考核、警风警纪、内务管理、后勤保障等各项工作中有章可循，对民警警容风纪、言行规范、警令畅通等方面"划定禁区，设立高压线"，狠抓制度落实，用制度管理人、用制度约束人。同时，他还以身作则，率先垂范，要求下属做到的，自己首先做到，要求下属不做的，自己首先不做，做到制度面前人人平等，为民警树好榜样。

在社会信息化、思想多元化、利益多样化的趋势下，队伍中不可避免地会出现一些新情况、新问题。"没有好的队伍，难出好的业绩"，黎海平深谙其道。他依靠"三依三动"工作法抓好民警思想政治工作，强化队伍有效管理。一是依靠主观能动。实践证明，能不能干好工作是能力问题，想不想干是态度问题，态度决定一切，细节决定成败。为此，黎海平运用民警容易弄懂、易于接受的手段和方式，耐心细致地做好民警、辅警的思想教育疏导工作，把实现个人抱负与奉献社会结合起来，调动激发其主观能动性。二是依靠考评拉动。考评是评价公安业务工作和队伍建设的重要手段，是实现公安队伍有效管理的核心要素。黎海平一直坚持运用正向激励的办法，搭建激励竞争平台，既保护在竞争中居于前列民警的积极性，也善于调动暂时落后民警的主观能动性，发挥考评杠杆的调衡作用，促进了派出所社区各项工作和队伍建设的良性发展。三是依靠严管制动。从担任派出所副所长以来，黎海平坚持注重抓小事、抓细节，不断增强制度的渗透力和民警的执行力。同时，他还坚持严格教育、严格管理、严格监督，把对民警的严管变为对民警的关爱，把从严治警当作最大的、最根本的从优待警。今年以来，黎海平带领民警、辅警做出了四项公安精品业务示范工作：重性精神病患者管理工作；党建工作；社区戒毒、康复管理工作；公寓、流动人口合规管理工作。其中第一、第二项工作成为市级、区级的业务示范项目，第三、第四项工作为公安的基础管理提出了新的模式、新的解决方法。

由于工作出色，黎海平先后荣获个人嘉奖1次，个人三等功3次，被评为广东省优秀人民警察。

"警力有限，民力无穷。"黎海平通过到位的社区警务工作，把群众组织发动起来，真正把群众作为治安防范工作的主体，使防控体系建立在深厚的群众基础之上，确保体系的根基扎实、运行畅顺。一是提高综治队伍的协同作战能力。为更好地发挥群防群治工作的优势，黎海平坚持每月召开治安责任人会议、治安情况通报会和群防群治总结会，及时通报社区治安情况和违法犯罪动态，点评防范工作中的成功经验和不足之处，找准发案原因，明确下一步防范重点，落实防范措施；并在此基础上合理调整执勤工作，努力把巡逻触角延伸到社区的每一个角落。2017年底至今，龙塘辖区综治队员共协助破获各类案件10宗，成为派出所维护社会治安的重要辅助力量。二是充分利用好群防群治资源。黎海平同志积极发动辖区企业和各大公司等单位，将内部保安的巡逻控制范围延伸到周边路面，有效地挤压违法犯罪分子的活动空间。他坚持在社区、企业实行警情通报制度，分析掌握社区与巡区违法犯罪活动的新情况，及时采取措施，强化社区的群防群治工作，使社区防范与路面巡控相互辐射、互为补充，发案上升势头得到成功遏制。由于防控到位，打击得力，辖区刑事发案比同期下降了20.79%，群众的安全感明显增强。三是向信息化要战斗力。由于辖区面广点多，在警力不足的情况下如何对参与巡逻的队员进行有效的管理？黎海平想到了微信平台，他通过微信的实时定位功能，压实巡逻防控工作，并要求巡逻队员定时或不定时共享巡逻位置，拍摄指定防控部位巡逻小视频实时上传，对易发涉黄、涉毒、涉赌警情的地方实施签到式巡逻防控，大大提升了辖区的巡逻防控水平，优化了警力的配置，达到了预期效果。四是狠抓信息建设及拓展应用。流动人口在为经济建设作出不少贡献的同时，也给治安工作带来很大的压力。黎海平探索管理新模式，积极推进人口自助申报系统，规范流动人口和出租屋管理的信息化。推动引导公寓经营企业申领营业执照，落实门禁加视频符合治安管理要求，参照三小场所配置消防器材标准使之符合消防安全要求。全程掌握动态，构建"以证管人""以屋管人""以业管人"立体管理模式，实现对流动人口特别是对其中重点人员的动态管理、精确管理。据统计，2017年至今，黎海平带领社区组采集了20000多条流动人口信息，通过信息比对，对7家企业40多名员工的预警落实了查控措施，对企业用人中的高风险岗位，实施了第一道把关，为企业的安全生产、治安防范工作夯实了基础。五是加强社会宣传防范。针对部分群众防范意识不强、防范技能缺乏、防控措施不到位的情况，借助派出所前面的龙城广场举办各种活动的便利，深入群众进行宣传和动员,"社区是我家,安全靠大家"是他常挂在嘴边的一句口头禅。他通过召开会议、发宣传资料以及各种和群众打交道的机会,和社区群众打成一片,站在群众的立场讲解防盗、防火、防毒、防自然灾害事故的注意事项和技巧,并适当通报案例,结合案情讲防范工作,联系实际谈安全隐患,通过具体的事例和数字深入浅出地讲解各种案件的发案特点和防范要点,增强群众防范的意识,提高群众防范的技能,形成社区内人人参与、齐抓共管、共同开展社会治安综合治理的良好局面,有效地维护了社区一方平安。

社区工作更多的是同普通群众面对面地频繁接触。正是在接触中,黎海平对社区群众产生了深厚的感情。他一直带着这种感情开展工作,用将心比心的思维来化解各类矛盾,以密切警民关系为抓手,服务社区、走访社区群众,想方设法拉近警民距离,用自己的真情换来了社区群众的真心,推动社区平安和谐建设。黎海平同志在社区工作中养成了勤走访、多记录的好习惯,他用随身携带的小本本,记下社区居民的难事和烦事,竭尽全力为居民服务。

2017年7月的一天,辖区有一名为郭某的群众带着一家四人来到龙塘派出所,要求为其解决户口问题。由于派出所户籍窗口业务量繁忙,户籍民警难以停下手中的业务为其进行细致解答,导致郭某情绪较为激动。刚值完24小时轮班,准备回家休息的黎海平刚好经过户籍窗口,见到此情景,他停下脚步,向郭某了解基本情况，然后将其请到办公室，花了近两个小时，耐心地向其解释每一项需要办理的业务内容，并详细写出办理的方式、方法及地点。在得到满意的解答后，郭某对其在户籍窗口的行为感到抱歉，并表示以后将积极支持公安工作。

黎海平就是这样，时时牢记"我的工作在社区"，立足本职岗位，一心为群众，以自己对社区工作和公安事业的无比热爱、无比忠诚，在从警道路上弹奏出了一曲曲和谐动听的旋律，谱写了一曲曲新时期人民警察爱人民的赞歌。

可能是太累的缘故，赖小梅看着看着便趴在电脑台前睡着了，以至刘润彩走到她的身边她也没有发现。刘润彩真不想弄醒她，但是，作为一名人民警察就是"用特殊材料"铸成的，她很不情愿地把她叫醒！

"阿梅，这几天你辛苦了！"

赖小梅恍惚中听到有人叫她，便条件反射一般弹起身。见是刘润彩连忙笑道："对不起，刘教。这几天小孩子夜闹得很厉害，晚上没有睡好。"

这个年轻人性格十分倔强，从来不说工作的辛苦，把疲倦的原因归咎于孩子的夜闹，让刘润彩不知如何爱怜才好。但工作场合又不便表现出过分的关心，便顺着她的意思说："小孩夜闹买几包七星茶给他喝了包管好！"

"噢。谢谢刘教。"赖小梅回应道。

"还有就是雷汝周、潘树森、黎海平、陈展能、魏刚5名同志先进事迹材料的事，陈政委那里催得比较急。政委的意思是获得市级表彰的先进个人和集体都要列入'荣誉室',要有文字和影像。要让大家听得见、看得见。"作为一名老政工干部,刘润彩的谈话技巧是一流的,赖小梅的心都要被她化了。

"好。我给你看看。"赖小梅正想给刘润彩检查自己整理的劳动成果,但是,电脑屏的保护图案将刚才关于潘树森和黎海平的文档给遮住了,她把彩屏点开。

"潘树森和黎海平的材料我看过了,刚才从政委那里来,他让我先看。"刘润彩微笑道,"我看文字上和内容上没问题。其他几个也要加紧弄好。我看最难写的很可能是雷汝周的材料,一是技术活,二是保密性强。"

"反正我整理出来后先给您和政委审核!"赖小梅羞涩地说。

刘润彩最后带鼓励性地说:"你放开手脚干吧!局长、政委一直对你的工作表示肯定。"

"好的。我感觉到文化进警营对加强我们的文化修养,提高我们队伍的政治素质和执法水平都是有益的。有时觉得自己进步很快,但有时也觉得自己的知识储备越来越不够!"赖小梅谦虚地说。

"我们一起学吧,谁也不是天生就会的!"刘润彩很自信地说,"政委还说了,政治工作最主要的是细心和细节——可以说这是决定事物成败的关键。提到这个我想起了另一件事,最近有没有同欧灿强的遗孀联系?千万不要冷落了烈士的家属,让他们对我们寒心!"

赖小梅点点头说:"你放心,我们台面上都标注了这些家属的联系电话,随时都有联系。我们也表示过,如果有什么困难,只要我们能解决的一定想办法解决;没有条件解决的,我们一定给以回复。不过,至今为止还没有一个人向组织提出过任何要求。以后,我们的工作会更主动。"

刘润彩继续问:"我们这个月的'每月一星'评选结果出炉了吗?"

"这个月的'每月一星'还没有评选出来,那要在'每周一星'的基础上评选。这个月可是群星灿烂。光你们给我的材料就有五份,那可都是干货!都是清城区委、区政府评出的'清城最美警察'!"赖小梅笑道。

"这是好事,我们评选和树立先进典型的目的无非就是发挥先进的带头作用。我们要尽快在分局内网上对他们的先进事迹进行展示,发挥典型的带头作用,在分局内营造学先进、比先进、赶先进的良好氛围。"刘润彩说完转身出门道,"我真有点渴。你等我一会儿,我到自己办公室拿杯茶去。"

赖小梅听得有点晕头转向的样子,抱歉道:"刘主任,你说的这些我有点听不懂。"

两人坐在一起商谈工作,不知不觉便花了两个小时,刘润彩手头还有别的事,便告辞道:"别忘了买七星茶给小孩喝。"说完,离开了赖小梅的办公室。

31 催人泪下

2018年下半年,清远市创建文明城市工作步入了关键阶段。市委精神文明建设办公室要求加强城市环境卫生清洁、交通秩序劝导和市民满意度调查,公安机关的主要工作是加强对交通秩序的劝导。为了弥补警力的不足,经请示区委和市局党委同意,分局通过网上征集报名、公开考核新招了一批辅警。政委陈军建议对新进辅警进行一次宣讲学习作为他们岗前培训的内容,局长欧建文和政工室主任刘润彩都表示赞成。具体的安排由刘润彩负责,她准备请烈士欧灿强的遗孀王慧花来给大家上一课,自从欧灿强牺牲后王慧花多次谢绝了分局对她的照顾。

政委陈军是个很细心的人,会后听了刘润彩的思路后关心地问:"这样会不会勾起她对爱人的怀念,增加她的痛苦?"

刘润彩想了想,说:"应该不会。平时,我们有什么活动请她来,她只要没有特殊情况一般都会出席。看得出来，她对我们的队伍是很关心的。另一方面，对我们弘扬烈士的事迹她很赞成，主动同我们讲起欧灿强的一些往事。逢年过节，我们根据您和局长的安排去慰问她时，她都表示'不用费心'，十分体谅我们。我主要考虑的是，请她来讲教育意义更大。"

"你感觉没问题就去办吧！"陈军点了点头，"上次赖小梅报来的有关潘树森、黎海平的材料我看过了。行文上没有问题。要她尽快将其他几位同志的事迹一起整理好，先上我们自己的门户网站，然后再在'荣誉室'里陈列。"

"我已经同她谈过了。她最近好像有点累，难为她了。"刘润彩点了点头。

"如果要请……"陈军话还没说完，他的手机响了，他看了一眼来电显示马上把电话挂断，继续说，"如果要请欧灿强遗孀，就安排赖小梅等人去接一下，尽量同她协调好，尽量少打扰她的生活。"

"好的。政委，你先接电话吧。"刘润彩提醒道。

"不要紧。我老婆来的电话，催了几次了，说是女儿十八周岁学校要给他们举行'成人礼'，非得叫我写一封给女儿的信，鼓励她不断自立认真备考，争取考上一所好的大学。我哪有时间？晚上再说吧！"陈军笑了笑，转身快步走回办公室——他还要准备汇报材料，市公安局政治处主任谢先清说来分局检查，应该快到了……

台上，王慧花闪动着泪光。看上去有几分憔悴，比实际年龄要苍老点，她静静地说——

  当一名警察就意味着奉献。家人、朋友、同事说起我们家灿强，谈得最多的是奉献，说得最多的还是奉献，他把自己的一切都奉献给了他心爱的公安事业，包括他的生命。我当然不是抱怨他——他给我和儿子留下了太多无法实现的承诺。

2004年7月，下午两点，怀孕八个多月后，我出现早产迹象。当时欧灿强正在市局警校参加培训，家人通知他赶紧来医院。他说有省厅领导检查，不能离队。我只得在婆婆和姐姐的陪同下去了医院。到了医院，因为难产，需要进行剖腹手术，医生通知家属签字，在最需要他的时候，他却不能前来，我只得让我姐姐代签了。

因为早产，儿子出生十八天就得了肺炎，我也顾不得自己坐月子，独自抱着儿子来到市人民医院看医生。孩子出生不到三个月，我就带着他跑遍了清远市人民医院、妇幼保健院、广州儿童医院。儿子数度住院，灿强都没有时间陪他，他在忙着案件侦破。那时，灿强对我说得最多的一句话就是："工作忙，对不起，辛苦你了。"

他有多辛苦，后来我从他的同事那里多少听到些：2007年，源潭镇派出所辖内不同路段发生多宗骑无牌摩托车持刀、持枪抢劫案，歹徒作案手段特别凶残，稍遇抵抗便采用暴力。灿强也加入了专案侦破组。由于案犯非常狡猾，作案时间短，地点多变，侦查工作一时陷入僵局。大概半个月过后的一个凌晨，欧灿强他们专案组潜入到源潭五线桥伏击时，发现三名骑无牌摩托车的男子形迹可疑，遂上前进行盘查，盘查中没有发现可疑情况，准备放行。心思缜密的灿强发现前面路边有刀，断定是这三名男子丢下的。上前一问，三名男子马上弃车逃跑，灿强一马当先追了上去和战友一起把三名犯罪嫌疑人擒获。经审讯，原来这是一伙猖狂在花都、从化、清远流窜作案的犯罪团伙，他们一共作案三十二起，如果不是这次将他们一网打尽，他们不知还会祸害多少人。事后，分局党委决定对专案组及有功人员报功申请表彰时，领导推荐灿强，他却说，我还年轻，其他人的功劳更大，帮他们报功吧！这就是灿强，心里装着最多的是别人，想到最少的是自己。

源潭镇工厂多，电网密布，因此电线便成了犯罪分子紧盯的目标，连续发生盗窃电线案，给周边的群众生活和工厂生产带来了莫大的影响。灿强作为社区民警，看在眼里，急在心里，只要一有空，他就到附近巡查。一天凌晨，他忽然接到110报警说有人盗剪电线，他马上带着两名治安队员赶赴现场，他们到现场一看并没有发现可疑人员。战友们劝他说："没人就收队吧！"灿强坚持说："出来了就再巡巡吧！"当他们巡查到镇里养老院附近时，灿强发现有个人影一闪，他马上拔腿就追。由于天黑，他和犯罪嫌疑人双双掉入烂泥塘，犯罪嫌疑人想趁机逃走，他不顾自己一身脏臭奋步向前把犯罪嫌疑人扭住，等战友一起将他抓获。同事们拉出他来时，他胸脯以下全被烂泥裹住。回到所里，他做的第一件事，就是擦拭心爱的配枪。

2007年2月7日16时，接到群众举报，源潭镇高桥营顶村附近一个竹林里有二三十人正在赌博。接到报案后，灿强按照领导的部署同派出所的战友前往现场查处，参赌人员见到警察，立即四散逃窜。部分参赌嫌疑人借机围攻殴打现场执勤民警和治安队员，并煽动不明真相的村民参与，灿强不幸被赌徒用石头击伤头部受伤，经送医院抢救无效以身殉职……

　　王慧花讲完后，台下鸦雀无声，十秒、二十秒、三十秒……忽然全场起立爆发出雷鸣般的掌声。赖小梅手捧一束鲜花走上讲台送给王慧花，并情不自禁地向她举手敬礼。王慧花用鲜花遮住了自己的脸，她不想让大家看到她的悲伤。她答应过保证不哭，但是，她做不到。说到动情处，想起欧灿强的点点滴滴，她就忍不住流泪。这个善良的女人因为自己没有忍住眼泪连连对身边的赖小梅说"对不起"。赖小梅赶紧从自己的口袋里掏出一包纸巾抽出两张给王慧花，又掏出一张折了折，帮王慧花把下巴上的泪珠擦干净，搀扶着她走到讲台前排的椅子上坐好。

　　政委陈军走到台前，等王慧花心情平息后，招手让大家坐好。他说："同志们，刚才王慧花同志给我们讲了一堂很好的课。让我们再一次以热烈的掌声对她表示感谢。"

　　陈军在讲话中没有用"烈士遗孀"等字眼，又对王慧花以"同志"相称让她在这个群体中始终体会到大家对她的关心和尊重。他经常对刘润彩和赖小梅等人说"我们要尊重烈士家属，她们因为家人牺牲遭受了莫大的痛苦，我们不能让她受二次三次甚至更多次的痛苦。我们要尽量帮助他们，生活上的、工作上的，只要我们能做到的要坚决做到"，分局对民警和民警家属的体贴和关心充分反映出清远基层公安机关队伍的管理素质已经上了一个新的台阶。

32 请原谅爸爸

市公安局政治处主任谢先清打来电话的时候,陈军正好在读《习近平谈治国理政》一书。他边做笔记边在该书第六章《建设社会主义文化强国》里的句子"宣传思想部门承担着十分重要的职责,必须守土有责、守土负责、守土尽责"下面标注波纹线。他放下笔接听了谢先清的电话:"你好,谢主任。有什么指示?"

谢先清开门见山地说:"你们那个刘国松是怎么回事?听说还是不愿意接受采访。"

"我们已经做了刘国松的工作,他愿意了,还同三位传记记者谈得很欢呢。"陈军如实说。

"是呀。他同意是同意了,但是就是不愿谈自己,谈的都是其他同志。当然,谈其他同志是必须的,但是也要把自己多年扎根基层、服务群众的事迹特别是这一次用生命保卫人民群众生命财产安全的事迹说一说……这可不是单纯他个人的事,是整个清城区公安系统的事，代表的是我们整个清远市的公安形象。市委宣传部的领导又给我来电话，再三强调了这一点！"谢先清一口气说了一分钟。

"我具体落实一下再向您汇报。刘国松是个有担当、有责任感的民警，他会配合记者做好采访的。"陈军微笑着保证。

"还有一件事也很重要，常回家去陪陪老婆和孩子，不要搞得像个'拼命三郎'一样，连家都不顾了。"谢先清语重心长地交代道。

"谁说要做'拼命三郎'了，我是一个负责任的共产党员，无论对工作和家庭——"陈军从心底里感谢谢先清对自己工作和生活的关心，说到"家庭"的时候把语气放长了一点。

"昨晚我散步，碰见你爱人一个人带着你的小儿子上街买东西——一手抱孩子一手提东西，怪可怜的。"谢先清关心地说，"我们千万不能冷落了自己的家属，警察的功劳有警嫂的一半呀！"

"谢谢领导关心。"陈军感动地说。

"好吧，你把刘国松的事办好。回头给市委宣传部解释解释，他们会向自己的领导汇报的。"谢先清说完就把电话挂了。

陈军用内线拨通了刘润彩的电话，要她来自己的办公室一趟，梳理了要交办刘润彩的几件事：当然头一件就是刘国松配合记者采访的事；还有"每周一星""每月一星"评选的事，这件事确实很重要，要把评选的条件讲清楚，严格按程序进行……

他正在想着，忽然手机铃声响起，电话是他爱人打过来的。接通电话后她当头就问："陈军，给女儿的信写好没有？"

"写好了。"陈军压低声音说。

"写好了怎么不传给我？"他爱人的口气有些不满。

"不是没来得及吗？我现在就传。"陈军回答。

"你也是的，不怕影响女儿的情绪，她可只差三个月就要高考了。"妻子在抱怨他。

估摸着刘润彩就要到了，陈军不想在办公时间处理家事，便在手机里对爱人说："昨晚在办公室加班就是给女儿写信。本来想回家写的，怕打扰你和孩子睡觉，就在办公室里写。刚才市局谢主任还问起我要我回去多陪陪你和孩子呢，他哪里知道我在给孩子写信呢？我也不敢说透，'噢噢噢'地答应着就把这件事搪塞过去了。你千万别说出去了，免得笑死人了。"陈军正儿八经地搪塞着他的家属，心里却老不是滋味，但是，为了工作他只能横心这么做，他恨自己不能分身，哪怕多一丝一毫的心用在爱妻和孩子的身上他都会感到自己是个完美的男人、完美的丈夫和父亲，可是他做不到，工作上好像有干不完的事要他去处理。给女儿的信实际上是前天晚上写好的：女儿今年要参加高考，正好十八岁，学校想给同龄的孩子举办成人礼，好让他们在高考中发挥超常水平，考出好成绩。成人礼的一项重要内容是让每一位学生的家长给即将成人的孩子写一封信——昨天上午，有同事看到了这封信，非得要拷走，他还没修改完呢！

果然，陈军爱人听了陈军的话以后便担心地说："那别耽误工作了，等有空了再把信发给我吧！"说完，她迅速地挂了电话。

陈军重新按刚才的思路在心里检索要对刘润彩安排的工作。

随着两下敲门声，刘润彩走了进来，她手里拿着一份今天才出版的《清远公安》，高兴地对陈军说："政委，你的大作发表了。"

"什么大作？"他忽然想起昨天同事拿走他的那篇文章，说，"是不是写给我女儿的那封信？"

"是的。你自己看吧，很感人，单位很多同事都看了。"刘润彩把杂志递给陈军说。

陈军接过杂志一看果然是自己写给女儿的那封信——

亲爱的女儿：

明天你就要迎来生命中一个重要的日子——十八岁成人礼！为了在成人礼给你写下些什么，爸爸妈妈这几天一直心心念念、思绪万千，现在坐在电脑前回想起你十八年来的一幕幕，仿佛如昨天一般历历在目。

你刚刚出生爸爸就去异地工作，由妈妈与家里老人家照顾你长大，爸爸对你四岁前的印象，就是每次回家见到都长高了不少，肉嘟嘟的小手小脚，胖乎乎的小脸特别可爱，爸爸到现在还在后悔错过了你的好多童年时光。四岁后你跟着妈妈来到爸爸工作的地方生活，爸爸一周才回一次家，妈妈经常要上通宵晚班，小小的你跟着妈妈在异地他乡，由最初的不适应不接受，到逐渐能够独立生活独立学习，这中间经历了太多太多……到现在，爸爸妈妈还经常跟朋友们显摆说"我们的女儿特别独立"，其实，在那些骄傲的话语后面，又藏着多少无奈多少亏欠……值得高兴的是，尽管经历了成长历程中一些小曲折一些不适应，但是你始终在进步、在成长，在爸爸妈妈的眼里，你一直都是那么聪慧那么优秀，我们始终以你为傲！

时光荏苒、白驹过隙，时间真是过得飞快啊，转眼间我们的女儿十八岁了！十八岁，意味着一个人正式进入了成年阶段,具有了法律赋予的完全的行为能力,必须对自己的一言一行承担完全责任,这既是权利,同时也意味着巨大的责任和义务,这对任何人都具有非同寻常的意义。在这个值得纪念的日子里,爸爸妈妈有些话想对你说。

我们希望你成长为一个什么样的人呢?一个健康的人,一个成功的人,一个感恩的人,一个聪明的人……父母对孩子的爱永远没有止境,父母对孩子的期盼也永远没有尽头,我们希望以后的你能够永远幸福快乐,那么,我们今天来聊一聊怎么样才能够做一个永远幸福快乐的人。

希望你始终心怀快乐!你是个爱笑的姑娘,微笑时常挂在你的脸上,那是你最漂亮可爱的表情,也是爸爸妈妈最宝贵的记忆,在抚育培养你的过程中,哪怕工作再辛苦也好,只要一看到你的笑脸,所有的辛苦所有的不快都会烟消云散。哪怕到现在你高三了,爸爸妈妈还是习惯每周能够跟你一起看场电影或者看看电视,因为在那短暂相聚的时间里,你的笑声就是最治愈我们内心的一剂良药,那是我们家庭最欢乐的休闲时光。约翰·列侬说"五岁的时候,妈妈告诉我快乐是人生的关键,上学以后他们问我长大后的志愿和梦想是什么?我写下'快乐',他们说我没搞清楚题目,我告诉他们,是他们没搞清楚人生"。列侬说得对吗?没错,快乐,是精神上的愉悦,是心灵上的满足,快乐会令人充实,会使人幸福,快乐可以引领你走向美好的未来。所以,孩子,请一定要记住,无论将来你考取什么学校，从事什么职业，取得什么成绩，或者遇到什么挫折，无论是身处顺境还是逆流，都要保持快乐的心态。快乐从哪里来？快乐来自正视自我善待自己，快乐来自诚实正义坚守信念，快乐来自勇对挫折能屈能伸，快乐来自真诚待人热心助人。快乐，才是人生的最标准答案。

希望你永远拥有健康！幸福的首要条件在于健康。人们经常会说一个浅显的比喻，健康是"1"，家庭、财富、地位、权势、爱情等等都是其后的"0"，当代表健康的"1"没有了，那么紧跟其后的所有的"0"都将失去意义。比喻很简单，道理却很深刻，健康永远都是人生的第一财富。那么今天我们需要说说怎样才能够拥有健康。健康，不仅仅是指身体健康，还应当包括心理健康、智力健康等，身体健康是一切健康的基础，但同时，心理健康和智力健康也有着不可忽视的地位。所谓健康，应当是指同时具备健康的身体条件，成熟的心理素质，与社会发展和自身发展相适宜的智力水平。所以，孩子，在健康这条路上，我们希望你在身体方面要保持良好的身体状况和充沛的精力，要尝试着学习一到两种适合自己的运动并争取坚持一生；在心理方面要有意识地培养温和的性格、稳重的个性、坚强的意志，要具有坦荡胸怀与达观心境，哪怕是遇到身体的病痛或者人生的挫折也要有坦然以对淡然处之的能力；在智力方面要养成终身学习的习惯，不只是在学校里学习，将来进入社会了也还要坚持学习，不仅是专业学习，还要适当地了解其他主流或者非主流的知识，通过不断学习来提高自己发现问题研究问题解决问题的能力，确保自己不退步不脱节，不会被社会、被行业、被群体抛在后面。

希望你尽早做好步入社会的一切准备！成人礼后，你将迎接高考，进入大学，然后参加工作，一步一步开始，越来越独立地走入自己未来的人生旅途。这让爸爸妈妈很焦虑，就像你蹒跚学步的时候，跟着怕摔，牵着怕累，干脆抱着，假如可以的话，爸爸妈妈想永远抱着你护着你。但是你长大了成年了，必然要独立去探索这个精彩的世界，独立去面对未来的不可预知，那里面既有美好，也有丑恶；既有真诚，也有虚假；既有鲜花，也有陷阱；既有风和日丽，也有电闪雷鸣。那个日子还遥远吗？不，它已经来到了我们的面前。所以，孩子，请你一定要尽快做好准备，准备好迎接成人世界的到来。首先要学会为人，做人应当诚实、稳重、慎独、坚忍，不论遇到任何人或事，都必须坚持自己做人做事的原则，一以贯之，要坚持"自我"；其次要学会处事，看问题做事情，要善于从不同的角度不同的维度去思考，还要善于换位思考，要体恤他人善待他人，不能过于强调"自我"；再次要学会待人接物，待人接物重点在"人"，与人交往必须要慧眼识人，认真区分朋友与他人的界限，可交之人就以诚待之，不可交之人就把握好交往的分寸，或者敬而远之，重点是要保护"自我"；当然还要学会爱与被爱，爱是世间最美好的事物，但是爱并不是唯一，它是个体被需要的价值感，是个体内在价值的外部表现，在情感里面，自身的价值才是起决定意义的因素，所以，在面对友情或者爱情时，更要重视自身内在价值的增值，把握好"自我"，做自己的主人，踏踏实实地走好自己人生的每一步。

希望你努力成为对社会有价值的人！这一点可能太过官方，但是还是有必要说说。人生在世，除了上面说的健康成长、快乐生活外，自我人生价值的实现也是不可回避的话题。我们生活在这个社会里，既消耗社会资源，又产生社会价值，产生价值的多少，直接反映出了一个人的人生价值和社会地位。所以，孩子，爸爸妈妈希望你将来能够尽展所学，为国家、为社会创造尽量多的价值，做一个对国家、对社会有用的人。

女儿，明天就是你的十八岁成人礼了，希望你永远记得，无论你将来去到何方，爸爸妈妈和弟弟都是你永远的家人，我们会永远在背后默默地支持你，我们家是你永远的港湾！女儿，我们今生有缘，相伴走过一生，你是爸爸妈妈独一无二的女儿，我们以你为豪！

女儿，明天就是你的十八岁成人礼了，妈妈为你选了一束向日葵作为礼物，代表着阳光、明亮、温暖，代表着对梦想、对生活的热爱！爸爸妈妈愿你心如花木、向阳而生，勇敢地去拥抱阳光灿烂的明天！

永远爱你的爸爸妈妈

粗粗瞄了一眼，陈军便把杂志放在办公桌的右上角，心想下班的时候再带回家给老婆、孩子看吧，也省得现在给老婆发文档,手机里装的东西太多找这个文档都要找半天。放下自己的心事,他一边招呼刘润彩坐下,一边把刚才谢先清的话和自己梳理的东西陈述了一遍,最后反复叮咛了一句:"政工工作一定要往前赶!下半年肯定会忙不过来。"

刘润彩走后,陈军长长地舒了口气,一头仰倒在办公椅里,心想:今天晚上终于得了个空闲,可以陪陪老婆和小孩了。特别是女儿,马上要参加高考了,过去自己在市局工作的时候陪伴她的时间多,现在来到城区分局任政委天天忙得连轴转哪顾得上管她!今晚一定得找她好好聊聊,然后让她信心满满地考个好大学,找个好工作,自己也算放心了!他正寻思着怎样同女儿交谈的事,政工室副主任赖小梅忽然敲门进来说:"陈政委,今天晚上市局有个会议要你参加。"赖小梅环顾办公室没有其他人,接着说:"市局召开'扫黑除恶'专项斗争动员会,要求局长和您参加!"

陈军坐直身子,接过文件,仔细看过后,工工整整地进行了签收!

赖小梅走后,陈军拿起今天的《清远公安》重新读了一遍写给女儿的文章:他想同妻子、女儿一起好好叙谈叙谈的计划恐怕要落空了。新的任务摆在面前,作为一名人民警察,不是不能说没有儿女私情而是在人民利益与儿女私情面前他的选择如何——陈军,他毫不迟疑地选择了人民利益——这也是他选择从警的初心!想到这里,他用手机将《清远公安》载有他写给女儿的信的页面拍下,发给了妻子。并深情地附了一句:"老婆,你辛苦了!"

33 闪电出击

晚上十点还差十分,清远市公安局清城分局大批警力集合完毕。整装待发的队伍前面,威然肃立着两名"勇士"——一条马犬和一条德牧。它们紧挨在市公安局清城分局警犬训练基地中队长梁成栋和队员张俊江的身边。它们见过"大场面":参加过海南博鳌论坛峰会专项安保,与各国各地区政要"见过面";参加过珠海国际航空展专项安保,与各国各地区军火商们"混过场"。要知道能够参加如此大型峰会必须经过省公安厅极为严格的选拔,只有表现稳定、各项指标成绩优异的警犬才有资格。今晚,两只警犬将与他们的训练教官一起投身到另一个战场。

欧建文站在队伍前作战前动员:"同志们,今晚是一场硬仗。党和人民考验我们的时刻到了!今天是我们'扫黑除恶'专项行动小组的一次重要行动,目的是打掉一直横行在我们郊区龙塘镇的程跃辉、程跃武团伙。"

欧建文看了一下时钟正好指向十点，问道："同志们，准备好了吗？"

"准备好了！"队员们齐声应答。

"出发！"欧建文命令道。

清远市公安局清城分局今晚采取联合行动，目的正如局长欧建文在动员时讲的——是为了打掉一个一直由程氏兄弟把控，横行在清城南郊龙塘镇的黑社会团伙。程跃辉、程跃武兄弟是龙塘镇本地人，从小辍学，纠集本地一些无业游民和外地一些刑满释放人员进行敲诈勒索，逐渐起家。二十多年来，程氏兄弟及其团伙通过暴力、威胁等手段逐步发展壮大为集抢劫、故意伤害、非法采矿、寻衅滋事、敲诈勒索等多种违法犯罪于一身的黑社会性质的犯罪团伙，积累大量非法财富后，指使、操控组织成员获取各种政治光环，谋求非法庇护，其中包括程跃辉、程跃武在内的4名团伙成员先后担任市、县、镇人大代表，7名团伙成员在当地村委会、村小组任职。

目前，这个团伙的绝大多数成员正在程氏兄弟龙塘镇自建的一栋别墅大楼里"开会"。这栋别墅占地三千平方米，主楼占地一千平方米共计两层，程氏兄弟和其他几个主要头目住在二楼，其他人住在一楼。今晚是他们的所谓公司大会，几个从国外、省外谈"生意"的代表也赶了回来……这些情况已被市公安局刑侦部门的民警摸得一清二楚，并且市公安局已出动上百警力将程氏兄弟所在的村子围得水泄不通。

清城分局警力今晚担任主攻任务，直赴程氏兄弟别墅抓捕程氏兄弟及所有黑社会团伙成员。抓捕这个黑社会团伙是经过市公安局周密安排和精心部署的的。因为这个团伙资金实力雄厚，耳目众多，手中掌握着为数不少的枪械和其他凶器。行动队员来到程氏兄弟别墅外围将车熄火，然后急步来到别墅外墙，由一名特警队员翻墙入院打开大门，按事先制定的作战计划一举将程氏兄弟等人拿下……

生于斯长于斯

经过分局领导多次做工作，刘国松终于愿意接受省城记者的采访。一些陈年旧事又涌上了他的心头。他从一个少不更事的孩子到一个坚强的公安战士，打心底里感谢党、感谢公安队伍、感谢人民——这些不经过长期熏陶、没有经历过血和火的考验是体味不到的，纵使体会到了也没有这么深刻！那就让我们一起来"检索"一下他的成长历程吧——

横荷街道岗头村以刘姓为主，据说清远周边和清远市代理管辖的英德市刘姓人家均出自岗头村。虽然地处闹市不远，但岗头村却与城市的喧嚣截然不同，自有一派田园气象：竹园、小树林、稻田遍布，水塘、河汊纵横，这种闹中取静的田园风光让人觉得别有一番风味。

刘国松家有兄妹五人，他排行老四。六十年代由于生活艰辛，他跟着父母到韶关曲江讨生活，十岁那年重回清远岗头村，并且再也没有离开过。

别看刘国松先后在几个派出所任过所长，在几个派出所任过教导员，可打小他就不是一盏"省油的灯"。或许从小就经历了苦困，又或许青少年时期受的磨难比一般人都多的缘故，刘国松与同龄人相比要顽皮得多。少年人干过的傻事他几乎都干过，而且干得更加"轰轰烈烈"——或许正是小时候的出格和胆大铸就了他日后成为一名面对危险而无惧的优秀警察的品格。

"我小时候干过的事现在想起来还真的有点胆大包天哩。"刘国松一脸负疚地说。与当代青少年玩游戏机、玩手机、上网聊天相比，成长于六十年代的人多少保持了一份野性——逃学、捉鱼捞虾、结群干架、"偷"挖红薯、"偷"砍甘蔗等等。

"有一次体育课，老师布置学习队列操练。要求每个'红小兵'队员自带一杆红缨枪。'红小兵'就是现在的少先队员，'文化大革命'时期称'红小兵'。"刘国松说，"谁家里有手臂粗细的直木棍？"停顿了一会儿，刘国松继续说："家里找没找着，几个要好的小伙伴商量到生产队竹园砍几根竹子权当棍子。于是夜晚行动，各人拿了砍刀，趁着夜色悄悄地来到生产队竹园偷砍竹子。由于竹园在生产队粮仓附近，十几个小孩子闹得动静大了，被大人发现，以为有人偷窃生产队粮食。大人并不知道是小孩子偷砍竹子，结果生产队负责人召集大家一合计：组织全队队员来捉贼。结果，一声呐喊，村中敲锣响鼓，村民迅速集合，四处高声喊叫抓贼。一群半大小孩哪见过如此阵仗，个个吓得屁滚尿流四散奔逃，四处藏匿。逃的时候可是慌不择路，跳水塘的、藏草丛的、爬树上藏身的、趴到水沟里的……因为是夜晚，树木河汊又多，所以藏身很容易。奇怪得很，那天夜晚一众小子竟然没有一个被找着。等大人都回村了，没动静了，孩子们才慢慢地聚拢一块，商议该怎么办？反正夜晚是不敢回家了，怕挨家里大人的揍。于是决定集体找个地方过夜，但又不敢走得离村庄太远。还没商议出个结果，村里头又响起了大动静。原来许多大人发现自家孩子不见了，担心起来，家家在找自家孩子，毕竟大人的脑袋瓜子比孩子的好使，发现孩子同一时间不见，于是判断出竹园动静会不会就是孩子们干的？由是，大人们再次出动，这回没再响锣敲鼓，而是满村庄周围喊名字。我们听到了，为了回不回应还产生了分歧，一些人认为该回家，一些人认为别回，回了肯定挨打。"

那一夜，刘国松是少数没有回家的几个孩子之一。

"那个时候，我们这代人自有自己的快活，自有自己的乐子。"说到这里，刘国松羞涩地笑了笑，"我说的是不是有点扯远啦？工作之余，我也常常对派出所年轻同事讲述自己在家乡的成长经历，融洽与同事的关系。"

记者们连忙摇手说："讲得好，这样可以舒缓大家的紧张情绪。"

记者们讲的是实话，要想采访到真材实料先得把采访对象的话匣子打开。你看凤凰卫视的主持人鲁豫就是这种风格。

35 阳光下的院子

康复出院，用刘国松的话来说，自己只不过是在鬼门关走了一遭，但对家人来说，却不是这么简单的事。他们替他担心，用他妻子的话说：心都为他操碎了！

出院后刘国松遵照医嘱，暂时在家静养。但他的心一直挂在工作上，常常生闷气，不吭声，刘晓彤见了有点着急，害怕他有什么后遗症。她将担心告诉了人民医院的胡宁东医生。胡宁东马上带着医疗仪器来给他做检查，没有发现问题。临走时胡宁东用右指指指自己的脑袋，对刘晓彤笑道："是这里的问题。他刚才还同我说想上班呢！"

送走胡宁东以后，刘晓彤从屋里搬出两张椅子，放在大门屋外院落里，大声说："爸爸，出房间晒晒太阳。"刘国松装作没有听见，她进去强行将刘国松扶到屋外，"爸爸，医生说了，要你多活动活动，否则会留下后遗症。如果休息好了过不了几天就可以去上班！"

听到"过几天就可以去上班",刘国松脸上露出了欣慰的笑容,说:"任胡宁东这个湖南蛮子也拗不过我这个广东'烂仔'。"

"你是一个光荣的人民警察,别一口一个'烂仔'的好不好?你看人家胡医生,多斯文。如果没有他们高超的医术和细心的照料,你很可能还下不了床呢!"刘晓彤故作生气地说。

刘国松家的房子同广东农村乡下人家的房子没有两样,主建筑外有一个露天院落,院落可以栽种花草,可以摆放一些山石垒砌成假山,用于点缀院落、点缀屋外。

回家休养的这段时间,刘国松多半由妻子黄少妍照顾。刘晓彤在家的时候他拗不过女儿但是只要她离开,他便同妻子嚷嚷"要去上班"。这一次,黄少妍已经铁下心了,不管刘国松软硬兼施,她只有一句话"医生交代必须静养"。后来每当她再用这句话搪塞时,刘国松先接过她的话头"医生交代……",说完两人相互对视莞尔一笑,彼此打趣。刘国松在家休养的这段时间是陪伴家人最多的,有时候黄少妍恨不得他多病一会儿,不过每当她有这种想法的时候就忍不住轻轻地抽自己两耳刮子:"乌鸦嘴!"

"我不是水做的,哪来那么娇嫩,这样养着能把人憋坏,回单位干不了重活可以干点轻活。"刘国松终于有点忍不住了,他向妻子哀求道。

"那也要等你伤全好了。"黄少妍嘴上虽这么说,心里开始有点动摇了,她真的拗不过丈夫。她只好无奈地叫回女儿让她在家里"陪护"刘国松。

刘国松和黄少妍一共生养了两个孩子。女儿刘晓彤今年大学毕业考上了清远市公安局清城分局的公务员,下个月上班;儿子二十岁出头,还在广州读大学。刘国松受伤后,他从广州赶了回来。伤情稳定后，刘国松把他赶回了学校，以免耽误学习。儿子被赶回学校的时候，心里特别悲伤，拉着姐姐刘晓彤的手，说："姐，老爸是不是冷血动物？刚刚手术完睁开眼，第一句话就是要我回学校。"将弟弟送到门口，刘晓彤只是淡淡地说了句："爸只是不想让你耽误学业而已。"她转过身来设身处地地为她弟弟想了想心里不免浮起一丝丝感伤：您是我爸，您受那么重的伤我大老远赶回来看望您，而您竟然对我就来这么一句——不近人情。她记得当时弟弟听到她电话通知爸爸负伤时候和她的心情一样：担心和害怕。

"爸爸，您伤好睁开眼第一句话就让我弟'回学校读书'，您知道他听后有什么感觉吗？"陪刘国松在院子里晒太阳时，刘晓彤特意问父亲。"他是男子汉，应该懂的。"刘国松淡淡地说。

——这也许就是爸爸和妈妈的不同之处，刘晓彤心想，换了是妈妈，可能会有些柔弱，会不够刚强，会让儿女们多陪一会儿，一起拉拉家常，但爸爸没有。

一直以来，在刘晓彤心里，爸爸是一个很严厉的家长，在家里说一不二，家风严谨，容不得子女对他的冒犯，家长形象远远大于警察形象，但是，这一次，作为女儿，她对父亲有了全新的认识。因为，她即将从事的职业也是警察，并且，她即将从事的这个职业亦是在爸爸的"怂恿"下选择的。她报考清城区公安分局公务员时妈妈极力反对，理由很简单：家里已经有一个长期"不归家"的人，再不能有第二个了。但是，妈妈怎么是擅长做思想工作的爸爸的"对手"？最终，刘晓彤被说服，她参加了清城区公安分局招聘公务员的考试并顺利通过，现在在家等待具体安排。

"晓彤，你记住了，穿上这身制服，你就得比旁人多担一份责任。"刘国松的话讲得简单，但刘晓彤听得懂。

"我记住了。"刘晓彤当然懂得不能给爸爸脸上抹黑，不能给人民警察脸上抹黑。院落中，父女俩海阔天空地聊着，刘晓彤想让爸爸多讲一些自己不知道的趣闻轶事，让爸爸在回忆中享受快乐，开阔胸襟，以便早日康复。

面对危险的时候怎样才能做到处之泰然——很多次，刘晓彤想问父亲，因为她也即将成为一名警察，但是，话到嘴边又咽了回去，不敢问，毕竟爸爸才刚刚康复，毕竟爸爸是这个问题的主角。

迟疑了半天，刘晓彤终于忍不住了，问："爸爸，你……怕吗？"

刘国松轻松一笑："要怕，就不要干警察。"刘国松回答得很轻松。但是，这份泰然自若的轻松背后是常年修炼的结果。她首先要求自身要有真的为人民服务的思想和品德，然后在这种思想和品德的不断熏陶下获取力量和胆识。这与那些个人英雄主义完全不同，个人英雄主义从人性出发，强调人性中正义的一面，但是，人性的正义一面被非正义一面挤压和排斥时往往会变得非常脆弱，最后英雄会变成"狗熊"，就像楚霸王项羽一样一遇挫折便不思东山再起而是自刎乌江。如果他的心里真的装着人民，人民就会给他以力量，纵使沈灶产蛙，也会民无叛意，区区一次失败又算得了什么呢？区区一些邪恶又算得了什么呢？心里只有始终装着人民和人民的利益，他才有直面一切危险的勇气和力量，因为人民，也只有人民才是他获取内心力量的源泉！

很多次，刘晓彤都会在脑海闪现出爸爸负伤、医院全力抢救和手术结束后ICU病房的情形——加护病房静谧而又压抑，甚至能听到输液管里药液流过的声音；房间内一切都由白色组成，白色的墙壁、白色的床单、医护人员白色的衣服、病床上白色被罩下的父亲……似乎一切都预示着不祥，因为在国人眼中，白色似乎就预示着某种不祥——"爸爸，能醒过来吗？"她不止一次地问自己也问妈妈。其实，妈妈的担心更甚过自己。因为她已经习惯了和一个警察丈夫的生活，习惯了他的"不归家和少归家"，甚至节假日也如此，但这些"不归家和少归家"绝不能是永远回不来。

这种担心是如此让人感觉恐惧，也如此让人揪心！刘晓彤又想起了小时候的一件事：还是在读初中的时候，有一次听说父亲患病，她从学校匆匆跑回家中，看妈妈正扶起虚弱无力的爸爸给他喂药……刘晓彤丢下书包和妈妈一同扶着爸爸。"只是昏了一下。"刘国松对女儿说。刘晓彤抓住爸爸的手："你骗不了我，只有很严重的时候你才会回家来躺着。派出所你两个同事的女儿和我都是同学，他们告诉我说你没上班。除了生病，派出所就像你家，你从不缺勤的……"刘国松伸手摸着她的头说："就一丁点毛病，别大惊小怪，爸爸有过病倒起不来的时候？"刘国松故作轻松，忽然感觉到女儿已经是名中学生，再也不是言听计从的小女孩儿了，已经学会了关怀家人。"反正这次你要听我的！"女儿高声对爸爸说道。女儿的话让刘国松极为宽慰，妻子也在旁笑着，说道："你可以不听我的，看你敢不敢违拗女儿。"刘国松看看妻子又看看女儿，嘿嘿地笑："家里，你们说了算。"

想到这里，刘晓彤上前挽住刘国松的右臂，撒娇地说："爸爸，知道什么声音是最动听的吗？"

刘国松摇了摇头。

"大夫说'他醒过来了'，这句话是我听到的最动听的声音。"刘晓彤摇着他的手臂说。

"大夫总是担心病人。"刘国松十分淡定地笑道。

初生牛犊不怕虎 36

为了寻找英雄的成长轨迹，省城来的传记记者问起了刘国松刚参加工作时参与破获的一件案子——

那是1990年底，刘国松任职龙塘派出所民警。

傍晚，距离龙塘不远的山间道路上，后座载着一名乘客的摩托车沿山道急行，后座的乘客时不时让司机加速行进。夕阳最后一抹余晖正慢慢失去光泽，道路两边山侧的农家屋顶渐渐冒出炊烟，天空显得更加缥缈虚幻，整个山村只剩下摩托车"突突"的轰响。

田野上的树木、花草和远远近近的山岭、沟壑被夜色笼罩，这些对心怀歹念的人来说，无疑都是很好的屏障。

摩托车驶到一个偏僻的地方，乘客拍拍摩托车司机肩膀，指指不远处的小村庄，要求司机拐上更崎岖的山道，他说他家就在那里。未到村口，乘客要求下车，摩托车司机刚刚停稳，后面乘客从怀里掏出一支"五四式"手枪，一枪托从司机头顶砸下，将司机砸倒在地。接着拿出早已准备好的绳索将他捆绑结实，扔进山沟，然后骑上摩托车一溜烟消失在暮色苍茫的山野中……

晚上八点，刚吃完晚餐，刚从学校毕业不久的刘国松返回派出所加班，突然，满脸伤痕、衣衫破损的摩托车司机跌跌撞撞地跑进派出所，脸色惊慌地报案："我，我要报案。"

刘国松和值班同事让摩托车司机坐下缓口气，慢慢说。摩托车司机用手抹了一把口角的血，说："我从广州载一个客人到龙塘，本来太远不想载，但客人死乞白赖，也说好价钱，我答应了。谁想这人到了龙塘定安村后把我打昏捆了扔在沟底山坑，抢走了我的摩托车！"司机十分着急地说，"警察同志，你们可要帮我找回摩托车！那是我吃饭的工具呀，孩子上学也还指望它呢！"

摩托车司机满脸哀求。

二十世纪九十年代与现在大不相同：一辆摩托车的价格不菲，比现在的小车还要值钱。

"你没和他发生打斗？"刘国松一边记录一边问。

"我哪敢和他打？他有枪！"摩托车司机的回答让刘国松和同事心头一凛！

案情重大，这是一起性质恶劣的持枪抢劫案件，不尽快抓捕罪犯，罪犯依靠手中的枪便极有可能再度犯案，枪支更可能会危及周边人民群众生命安全，引发严重后果。记录完毕，刘国松和一名同事连夜驱车赶往市里，将案情上报。清远市公安局责令清城分局立即成立专案组，限期破案。刘国松被抽调至专案组参与案件侦办。

刘国松爱动脑筋。从警第一天开始，他便时常查阅各类案件、案例的侦办过程，分析成功或失败的原因，研究案例案件特点，以自己对案例的思考方式深入研究，从而掌握罪犯的心理动态。现在，平时所学的知识真的可以派上用场了。

专案组连夜召开案情分析会，刘国松在案件分析会上对案件提出自己的两点看法："第一，犯罪嫌疑人搭乘摩托车从广州来清远龙塘作案，又没有将摩托车司机打死应该是顺手牵羊的案件；第二，犯罪嫌疑人对案发现场及其周围环境是熟悉的，很可能是从广州到清远做生意或者打工的人。"

有同事分析认为：犯罪嫌疑人不会笨得从广州到清远来犯案，然后再逃回广州。

"现在只是初步判断，不管是什么原因，我建议我们的工作要尽快展开，首先对事发地附近的村委会、厂矿、石场、山塘承包点、家禽养殖场等地的外来人员进行排查走访，一定得快，迟则生变。"派出所所长命令道。

村委会、厂矿、石场等地方，刘国松早就在脑海里画好了一份示意图，他拿出一张空白的A4纸边标注边说："对这些地方进行彻底排查，重点针对外来人员，只要排查工作做得够细致，一定能查出线索。"

案情分析会开完，刘国松没有休息，根据自己分析出的两个疑点整理了一份材料，向专案小组进行了汇报。专案组根据刘国松的材料调整办案方向和重点，决定对事发地附近的村委会、厂矿、石场等地方进行排查走访，重点放在外来人员身上。

查找的范围面积虽然不是很大，但山区厂矿、石场、山塘承包点、家禽养殖场等地方众多，要逐一排查亦非易事。刘国松首先来到案发地附近的定安村委会，找到村里治保主任直接问："在龙塘定安村登记在册的外来人员有多少？"

"这个说不准，龙塘定安村地方虽然小，但离市区较近，又是山区，土地租金便宜，特别适宜开石场和种养场。山上人员少，山下外来人员多，而且流动性非常大，还有就是很多流动人员没有进行登记注册，他们或小住两三天就走，或仅仅只住一晚。"村治保主任脸露难色。

"为什么就住两三天时间？"刘国松出于本能反应地问。

"这不奇怪，他们来这儿都是老乡介绍找工作，在厂矿、石场、山塘承包点干活；如果老乡不能给他们介绍工作，没有工作，他们也就走了。"治保主任说，表示外来人员管理难度非常大。

"有没有近期来去匆匆的人员？就是出现一下就没了踪影的那类？"刘国松和同事一边翻查登记名册一边问。

治保主任想了想，说："不太清楚。要不我带你们去附近的矿场和农场走一走吧！"

刘国松和专案组成员同村里治保主任马不停蹄地来到了附近的一个碎石矿场。

"我们矿场最近生意不好做，需要的人手不多，最近没有招人，还走了两个，两个月前走的，登记名册有，都在这儿了。"矿场老板很配合，对刘国松和专案组毫无保留，把登记注册名录悉数交给刘国松。

矿场扑空，专案组的同事们有点扫兴，但刘国松并不气馁，鼓励大家坚持一会儿，又带队转向另一个山头。

经过排查，线索有了，又断了，再查，再断，经过数个昼夜的努力，排查小组终于有了新线索，线索集中到一个案发地附近租地养鸡的广州客身上。

"去鸡场！"听完刘国松和其他专案组成员的汇报，组长下达了命令。虽然这是头次遇到这么大的案件，刘国松像猎手嗅出猎物的行踪，心里暗暗地下了决心："我一定要把他抓回来。"

养鸡场坐落在半山腰，汽车上不去，刘国松一行只得下车步行。山里的夜晚尤其静谧，偶尔传来一两声犬吠的声音。当刘国松和其他专案组成员悄悄赶往养鸡场时，没有发现犯罪嫌疑人。鸡场主人对警察的突然造访显得很吃惊："以前这里不是我经营，是一个广州籍的人在经营。"

"广州籍的？"刘国松和同事对望了一眼。

"是，以前是他经营这个鸡场。前几天我经一个老乡介绍来这里找工作。老板说鸡场亏本了，不要人，想转手。我问他要多少钱。他说意思一下就行。我同他讲妥，一万五千元转让费，多一分也不要。他同意了。我下山从老乡那里借钱承包了这个鸡场。"

"他回来过没有？"刘国松不放过任何细节。

鸡场主人摇头："才接手几天，没见他回来过。"

刘国松详细询问了犯罪嫌疑人的体貌特征：此人中等身材，不胖不瘦。留有短髭，花格衬衣外罩着一件西装。

"线索断了，这回又该往哪？"同事们一边赶往山下一边讨论。

"赶回村委，犯罪嫌疑人在这里经营过鸡场，村委肯定有他在这里的承包合同。他是哪里人，住什么地方等，我们马上核实。"刘国松建议道。此时夜色如墨，伸手不见五指。有同事不小心掉进了山溪，刘国松伸手拉他上来，继续赶路；有同事手和脸上被树枝扎了一道伤口，刘国松忙从口袋里掏出事先准备的创可贴帮他粘上；有队员脚上打起了血泡，刘国松捡了一根树丫给他当拐杖……半山腰见到一间农舍，有人建议进去休息一会儿。

"抢时间，迟了恐生变。"专案组组长说，带头继续往前走。

赶到村委，已经是深夜，专案组组长要刘国松把治保主任喊起床。治保主任证实，前鸡场老板是个广州人。治保主任从村里拿出合同，说："合同还是广州老板的，后来转让的人只在上面签了个名，打了个指模。"

艰苦排查工作终有结果，情况得到证实：犯罪嫌疑人曾经在定安村（过去叫定安大队）插队，是下乡知青，这几年一直在这里办养鸡场。

刘国松和专案组同事迅速锁定这名有重大作案嫌疑的养鸡场老板。专案组经过研究，派遣刘国松等一干探员迅速赶往省会城市广州破案。接到任务后，刘国松所在的专案组连夜乘车赶往广州。

专案组成员无暇顾及大都会的热闹与繁华，来到广州后迅速会同广州海珠区公安分局同事，赶往犯罪嫌疑人住址。全体民警对犯罪嫌疑人住址实施布控。考虑到犯罪嫌疑人手中持有枪械，抓捕时候极大可能会进行激烈反抗，大家商讨决定：选择天亮时候，以居委会入户调查的名义，令犯罪嫌疑人开门，实施突击抓捕。

凌晨时分是人体最疲劳阶段，但专案组人员无暇休息。

犯罪嫌疑人居住的是一栋老房子，外头修筑了一米多高的围墙。专案组侦察员天刚蒙蒙亮便悄然接近房屋，刘国松透过围墙小窗户，赫然发现了被盗的摩托车，锁定了证据。

凌晨5时，专案组开始行动，前来配合的居委会一名工作人员敲响嫌疑人房门："居委会，例行户口调查。"

屋里没有动静，居委会工作人员再一次喊道："居委会，例行户口调查。请开门。"

刘国松和专案组警员身体紧贴房门两侧——即将采取行动的紧张时刻，大家全身神经高度紧张，需要有强大的心理支配能力才能确保行动一致，稍有差池就会酿成大错。

听到敲门声，还在睡梦中的犯罪嫌疑人极不情愿地说："现在什么钟点，天都没亮，查户口需要这么早吗？"他懒洋洋地从床上起身，打亮电灯，看看钟点，满心不高兴，嘴里嘟嘟囔囔：

"你们不睡觉，别人可要睡。"

"对不起，打扰你了。昨晚才布置的任务，户口调查人多任务重，只能早点赶时间。"居委会工作人员说。

居委会工作人员的话都是经过事先策划的，语气必须平缓，不能让犯罪嫌疑人起疑心。犯罪嫌疑人一边擦着困倦的眼睛一边将门打开。抬眼一看，发现门外全是警察，立即傻眼，转身就朝屋内跑去准备拿枪进行抵抗。说时迟那时快，千钧一发时刻，刘国松飞身扑向犯罪嫌疑人，抓住了他的双脚，将犯罪嫌疑人往后拉扯，将他撂倒在地，专案组其他同事迅猛上前，将犯罪嫌疑人面朝下牢牢地摁住在地。

"别动！"

"放下反抗！"

一声声威严震慑的喝令和专案组队员果敢的动作让犯罪嫌疑人再也无法反抗，专案组队员给犯罪嫌疑人戴上手铐，将他从地上拎起。

经过搜查，从犯罪嫌疑人枕头底下搜出"五四式"手枪一把、子弹七发，而且枪中子弹已经上膛——犯罪嫌疑人随时准备持枪反抗。但他没料到清远警方这么快就找到自己，大脑仍处在迷糊当中。

他看着刘国松和他的战友问道："你们厉害，这么快找到我。"刘国松面露轻蔑笑容对犯罪嫌疑人："你还想抵抗吗？"

事后，犯罪嫌疑人供述：没料到清远警方破案如此神速，当晚还没睡醒就被你们人赃并获……

清远市公安局对刘国松和专案组成员进行了表彰，刘国松因在抓捕行动中英勇果决，荣立个人三等功。

37 使命和初心

在家休养这段时间,刘国松更加系统地对自己的职业和思想进行了梳理,也更坚定了自己的信念和理想,作为一名共产党员、一位公安民警他必须做到:不忘初心,牢记使命!他回忆了自己成长的道路,发现自己在各个时期的思想都不尽相同,各个年龄阶段的思想哪怕对同样的事物都会随着认知与理论学习的提高而发生根本性的变化。刚开始,刘国松从警的动机明显而直白:我就是想不再受人欺负,报复曾经"欺负"过我的人。然而,成为一名人民警察后,从前的所谓"报复"早已通过党性教育与学习提高抛到了九霄云外。想得最多的就是为人民服务,为百姓除暴安良。每当他听到有人议论:干警察可以享特权,做事方便。刘国松便正色回答:那是歪论,不是正道,有这样思想的人干不好警察,即使干警察也容易出问题,走向人民的对立面!

刘国松的话说得很认真也很严肃。正因为他对自己的职业和工作怀有一种敬畏之心，朋友们也不敢再在他面前乱开玩笑。他也更能潜心于自己的工作。

那是十多年前的事，刘国松刚到水上派出所任所长。水上派出所所辖范围是北江主干道，水流湍急，加上夏季南方风雨天气多，江河险象环生，但是，很多人因为贪图一时之快，不听劝告常到江中游泳，导致溺亡事故常有发生。每到这个季节，刘国松带领派出所同事开着摩托艇日巡夜逻，又是在危险区域设置警示灯又是在码头渡口张贴警示牌告，但仍旧有人置若罔闻，不将自己的生命当回事。那一段时间，由于连日在江上巡逻，风吹日晒，他不幸中暑，又吐又泻，整个人很快虚脱，但他还在坚持工作，被医生和同事苦劝，被迫回家休养。回到家里仍不见好转，打针、吃药都不见好转，黄少妍心痛地哭了。刘国松见妻子心疼自己，很是宽慰，摇摇头对妻子说："别给领导添麻烦，警察工作都一样，这点小病小灾扛一扛就过去了。"黄少妍知道丈夫的牛脾气，无奈之下唯有尽心照顾，刘国松看到妻子愁苦的样子反而笑了："看来想要在水上派出所干出成绩，没有好的身体真不行，到时候不要说救人，连自己的命都会搭进去。"

刘国松从这次病好以后，坚持锻炼，每天早上跑步，乡间道路、池塘小道都留下他的身影；晚上，他到安全江段训练游泳技巧。经过几个月锻炼，体能和技能很快得到提升，他更加自信能保护群众的生命财产安全。每年，他与同事至少要救下5名跳水轻生或者溺水者。2006到2017年，在他担任水上派出所所长十一年时间里，辖内没有发生过一宗刑事案件。

十一年时间辖区内没有发生过一宗刑事案件，这不能不说是个很突出的工作成绩。可刘国松并不满足。担任水上派出所所长期间，眼看每年溺亡人数不在少数，他决心改变这一现状。他考虑到派出所乃至整个分局都没有具有资质的打捞队，做出了一个让同事们都惊讶且敬佩的决定：在年近50岁时，报名来到湛江潜水学校"充电"，学习救生员水上救护、打捞技术。经过刻苦努力，他顺利考取了救生员证和潜水证，成为清城区公安分局系统唯一拥有潜水证的民警。同事们笑他："刘所，你现在不得了，真正是上岸能抓贼，下水能擒龙了。"妻子黄少妍笑说他："在家，你是家长，在外，你是警察，是上天入海的警察。"儿子更对这个执着于本职工作的警察爸爸大为赞叹，游泳技术不亚于老爸的儿子拿着刘国松的救生员证和潜水证："老爸，什么时候，咱父子来一个水中拯救行动，看你这个潜水员厉害还是我这个年轻人更厉害，比一比。"

对家人和同事们的赞誉，刘国松从来不沾沾自喜，这就是他的本色。用他的话说，这是警察该干的事，没有什么值得炫耀，一如他在负伤经抢救过来之后说的那样："我不后悔，如果再遇到这样的事需要我冲上前去，我会义无反顾！"

人们久违了平凡中的英雄，当英雄出现，惯于听到的是英雄的豪言壮语，但刘国松没有，他的话很平凡。

水上派出所的另外一个重要职能是维护水上社会治安，打击水域刑事犯罪，处置辖区内治安案件。在水上派出所任职期间，刘国松利用其丰富的工作经验，协同案发地公安机关破获了多起刑事案件。

新官上任

2006年，刘国松到任水上派出所所长不久，通过调查和查阅资料，便被一组数字吓了一跳。那天晚上，他少有地失眠了。后来，他干脆翻身起床，独自到客厅，打开水上派出所的历年报案情况和总结，细细地阅读起来。俗话说"知夫莫若妻也"，黄少妍察觉到他的动静，走过来问："睡不着？"

"你看看，这组数字。"刘国松握着黄少妍的手说。

黄少妍看了一眼，也被吓着了："就为这个睡不着？"

刘国松心情很沉重地说："北江，本来是把清远这个城市点缀得很美丽的一条江河，现在却成了扼杀这么多生命的凶手。每年盛夏季，许多市民为了消暑，经常在北江大桥附近水流处下水游泳和锻炼，特别是到夜晚，市民不顾水急浪湍，也不顾各种警示标语和警示牌，导致时常有溺亡事故发生。"

"那，你这个新官打算怎么办？"妻子问。

刘国松目光坚定："这种情况必须得到控制。"

"我相信你会有办法。"黄少妍信任自己的丈夫，在她眼里，还没有什么事情能把让丈夫难住。

这个夜晚，刘国松独挑孤灯，思索着，思索着。他要改变这一切，但怎么改，还没有主意，也暂时想不出办法。直到凌晨五点，他忽然穿上衣服，带上资料，开车直奔北江桥头，他钻出车，远眺北江两岸。

北江的夜景甚为迷人，河水缓缓流过，将城市一分为二：高耸的楼房和灿烂的灯火，汇集在滔滔江水中缓缓东流而去。

清晨上班后，刘国松召集全所民警开会——集思广益是他多年的工作作风，他要让所里的民警都来出言献计。

"警示牌也放了，告示也贴了，能想的办法我们都想过了，市民就是不听，有什么办法。"会上有民警这样说。

"特别是夜晚，有人悄悄下水，好像专门和我们作对似的，怎么警告怎么劝都当耳旁风。"有辅警这样说道。

"不是我们不努力，我们也天天驾驶摩托艇四处巡逻，但巡了这头顾不了那头，派出所人手的确少，我们日夜巡逻都难防止市民下江游泳。"

"……"

会上，同志们你一言我一语，虽然多是牢骚话，但确实也道出了派出所目前人手少的现状。刘国松等同志们发言过后，总结说道："同志们听我念念这组数字，根据统计数字，北江河每年溺亡人数超过10人，有的年份高达40人，外来人口和中小学生占有很高比例。这是一组冰冷冷的数字，但数字背后却是一个个鲜活生命的消失。他们是父母的子女，是子女的父母，想一想，这样的事故每发生一起，不是父母失去儿女就是儿女失去父母，每起事故都是对一个家庭毁灭性的打击。都是活生生的生命啊同志们，就在我们眼皮底下消失不见了，殁灭了，我们难道不应该做出点改变？"

刘国松语气沉重地继续说："固然，造成这样结局的有很多原因，市民不自觉，市民贪图一时之快，我们人手不够，力量不足等，但归根到底，还是我们的工作没做到位。"

同志们被刘国松的话感染，目不转睛地看着他。

"刘所，你说怎么办？"一位年龄颇大的民警发话道，刘国松的话触动了他。

"是啊，刘所，你是头，你说怎么办咱就怎么办。"年轻辅警声音很大。

"大家有什么好主意都可以说，畅所欲言，说错了也不要紧。"同志们的热情被被调动起来，刘国松脸上也渐渐舒展开来。

"加强巡逻。"

"做好宣传工作。"

"多树警示标牌，警示市民。"

大家纷纷出谋划策，你一言我一语，展开讨论。等大家安静下来，刘国松说道："从前我是陆上警察，没想到水上派出所责任如此重大，从陆上到水上，从片区管理到江道巡查，任务和性质差别巨大，这对我而言无疑是挑战。昨晚我思索了一夜，同志们说的加强巡逻、做好宣传工作、多树警示标牌警示市民这些主意都很好，下一步我们就要加紧落实！"

刘国松趁热打铁："要分派任务到各人，专门针对中小学生制定宣传手册，在江河显著位置树立警示标牌，专人巡逻，会议结束后马上安排人员专门负责执行。"

会议结束，刘国松带领所有同事各司其职、马上行动。加大宣传防范力度之后，北江溺水事故明显下降。刘国松率先垂范，经常驾驶警用快艇进行巡逻，无论晴天还是下雨，他都要亲驾摩托艇巡逻一番，直到夜幕降临，确定江上再无游泳者他才离开。

集思广益

39

"警察工作无小事。"刘国松经常这样对同事们说,他自己更是以身作则,认真对待手头上的每一件工作。

北江大桥是清远建市之初横亘在北江上的一座标志性建筑,是联系南北两岸的枢纽。大桥修建之时,因为资金有限,设计仅为两车道的双向桥。后来随着经济的发展,市区人口骤增,北江大桥经常出现塞车现象。为了缓解通车压力,提高人民生活水平,清远市委、市政府决定在北江大桥的南侧增修一条同规格的大桥,将原来的双向大桥改为单向双车道,两桥并列为四车道。所以北江大桥也被称为"姐妹桥"。但是,就是"姐妹桥"下的这片水域成了刘国松和水上派出所队员们经常的痛。

2017年上半年一天夜里9点多钟——又是夜晚,值班的刘国松接到报案:有艘游轮翻沉在"姐妹桥"下的江面,刘国松立即带了几位民警赶到事发水域。

凭借过人的潜水功夫，刘国松潜入船舱，成功救起了沉船船主。船主千恩万谢，说刘国松再迟半分钟到他就没命了。

但对刘国松和战友们来说，仅仅救起船主并不完美。因为船上还有许多游客。从当夜出警到第二天中午，刘国松和民警们一直在水里浸泡了足足十二个小时，他们的双脚都泡坏了。打捞现场聚集有大量群众，各种各样非议和难听的话都有了，诸如"救人速度太慢""潜水技术不行"等，刘国松和队员们听在耳里藏在心底，因为他们是警察。这次打捞由于影响大，打捞救援工作连市领导也被惊动了，市长还亲临现场进行指挥。凭借出众的体能和平时的训练，刘国松和队员们连续作战直到把所有的溺水者打捞上岸。围观的群众渐渐被感染，纷纷竖起大拇指点赞。

如果凭借资历和功劳，刘国松完全可以要求组织把自己调到熟悉的部门，轻松一点的岗位，但是，他没有这么做，而是毅然决然接受挑战，在水上派出所一干就是十一年。

"你累吗？有想过调离岗位吗？"这次的打捞工作后，妻子很明显看出刘国松的疲态，问道。

"有，我有过调动岗位的想法，有产生厌倦的时候，我们的工作要救人，还要把在河里溺死了的人打捞上来，要取证，要做解释工作，理解你的和不理解你的都有人。"刘国松诚实回答妻子。

警察，在人们心目中是永远也不累的，他们也不该有累的时候，即使有，也不准喊累，若喊了，就不配做警察。而且，常人犯错可以，但警察不行，人们已经替警察贴上了标签：警察就是为别人服务的！家里的小狗、小猫不见了，打110，找警察；屋里发现蜘蛛、壁虎，害怕，打110，找警察；街上有人喝醉了、打架了，找警察，找警察……刘国松说的是实话，他很累，很多如他一样的警察，都很累。有的人终于扛不住，辞职下海，成了身家过亿的富翁；有的人调到其他部门，成了有一定级别的领导。但刘国松坚守了下来，因为他热爱警察这个职业！

2016年盛夏的一天下午，刘国松和几名警员正在值班，接到群众报警，说北江大桥下有人溺水！警情就是命令，接到报警，刘国松马上整理装束和打捞工具出警，亲自驾摩托艇风驰电掣地赶往出事水域，其他干警也从陆路出发截住下游，以防溺水者顺江漂下。由于水路方便，刘国松和两名队员很快便赶到了，果然在一对年轻人的指点下，发现了江面上的尸体。刘国松和两名队员驾艇接近目标，正要打捞，忽然，"尸体"自动翻了过来，对着刘国松破口大骂，说刘国松和民警把他当浮尸不吉利。原来，这是一个谙熟水性的游泳好手，借着泳技仰泳，被江边一对谈恋爱的小青年发现后报了警。与刘国松出警的民警心有不甘，欲痛骂这个不知好歹的人，被刘国松制止。这位仁兄在刘国松等人面前还继续表演泳技，被刘国松严厉呵斥，经过教育，他也意识了自己的错误，向民警们承认了错误。刘国松这才和民警们回到所里，后来这事成了水上派出所茶余饭后的笑品。

清远北江流域河床复杂，水深流急，从英德地界到佛山三水土塘长达80多千米，不仅自然危险多，人为的危险也不少。

2017年一天深夜，刘国松接到报警，在英德和清远的交界处，两家盗采河沙的团伙进行械斗。刘国松立即率领民警驾驶摩托艇赶往现场。双方都已聚集了几十号人马，手中挥舞着管制刀具和粗木棒，眼见就要大打出手。事态十分严重，刘国松一边派民警与盗沙团伙交涉，严禁双方乱动，一边将案情上报公安分局请求支援。此时盗采河沙的两伙盗贼各不相让，江面夜风吹袭，漆黑的江面上两艘挖沙船各用探照灯照射对方，在黑夜里散射出罪与恶的凶芒，双方成员手持器械张狂叫骂，眼看一场持械斗殴不可避免。

刘国松率领一组民警跳到采砂船上。

"不许乱动！我们是警察。"刘国松正气凛然地大声喝止。

"全部放下器械，举手跪在船面！"刘国松再次发出喝令，和队员们一一将团伙成员控制在船面并命令："探照灯不许熄灭。"

刘国松让民警们把团伙成员集中到一条船上，逐一收缴了团伙成员手上的凶器。正当两伙成员集中到一条船上的时候，另一条船尾突然传来"扑通"的跳水声。

"有人落水了！"团伙中有人高喊，想造成混乱局面趁乱逃跑。

刘国松朝空鸣枪："谁也不许乱动！"

枪威警威震慑住了欲制造乱局的团伙成员。这声落水声提醒了刘国松：夜黑跳江逃跑风险很大，偷采河沙只是普通犯罪，不至于要在黑夜跳江逃命，这家伙肯定不同寻常。刘国松吩咐民警们看紧团伙成员，自己迅速绕到船尾，用探照灯紧紧照射跳江者，喝令他马上回游上岸。跳江者落水后，江水茫茫让他自己也吓怕了，老老实实地游回船边。民警们用打捞工具把他给捞了上来。

成功控制住两伙盗采河沙团伙，等城区分局刑警大队的增援人员赶到，一起将一干人众押往看守所。经过对跳江的犯罪嫌疑人审讯，果然与刘国松判断的相符，这个家伙原来牵涉一宗命案。

刘国松上任水上派出所所长后，根据治理区域河汊多、支流多的特点，对辖区范围通过采取预防为主、打防结合、加强与水运公司及其他相关部门的紧密联系等手段展开水上治理工作，收到很好的效果。

听完刘国松的述说，专心的传记记者手上拿出一沓由清城公安分局提供给他们的通讯稿说："刘所长，听说你在水上派出所还协助破获了两宗命案？有这么回事？"

刘国松淡淡地说："2009年5月，下廓街水文塔河段，一艘作业船船员发现从上游漂下一具浮尸，立即报警，我们水上派出所赶到现场，将尸体打捞上岸。对尸体经过仔细勘查，发现浮尸有外伤，不像是自然溺亡，我们立即请求技术援助，在法医鉴定下确定为他杀。我们联系上级刑警部门进行立案侦查，通过大量走访，排查确定了犯罪嫌疑人，在下廓街石狮巷将其抓获。经过审讯，犯罪嫌疑人供述了杀人沉尸犯罪事实……

"2016年9月，辖区石角码头发生溺水事故，我和水上派出所其他几名警员驾驶快艇紧急出动，赶到事发水域，了解情况后得知，原来一对父子到江中游泳，儿子不幸溺水，不见踪迹。我们利用快艇在茫茫江面展开搜寻，却意外发现从上游漂下一具被塑料布包裹的物体。出于责任也出于职业的敏感，我们在水流湍急的江面打捞起了塑料袋，打开一看发现是一具手脚被铁线捆绑、身体被纤维袋包裹的沉尸，尸体已经高度腐烂。很明显这是一起刑事凶杀案，犯罪嫌疑人杀人后将尸体沉入江中，最终漂流到石角码头。我们马上联系刑警部门，通过寻找尸源和刑警部门进一步侦查，发现这具浮尸与外地一起绑架杀人案中的受害者高度吻合，我们与外地警方对接后，成功侦破此案。"

40 重返工作岗位

2018年11月15日，刘国松完全伤愈。在单位领导、人民医院专家和妻女的允许下，他终于如愿以偿，重返工作岗位。早晨，他来到百加派出所，心情感到格外的舒畅。派出所门口那棵细叶榕上的鸟叫声好像也比平时清脆了许多。总之，天更蓝、风更爽，身体经过一个多月来的调养也更壮了，这么想着，他挥动右手捶了两下自己的胸脯，"嘭嘭"的声音连屋瓦都能震下来。今天到底咋啦？怎么到现在还不见一个人影？莫非所里又出现了什么新的状况？他掏出手机看了看时间。手机上的时间显示八点。要是在平常，这个点大家都来办公室了。有的来打扫院里的卫生，有的来办公室烧开水，有的来完成昨天没有完成的材料，有的昨夜执行任务累了还在楼上休息室睡呢……哎呀，你没听见过那些小子们的呼噜声，把耳膜都能震破！今天却不见一个人影！刘国松见四底下没人便拿起角落的扫帚想扫一下办公室，刚挥动两下便又停下，地面似乎很干净。他忽然想起出事前，交代陈仲宝要每天午、晚两次打扫卫生的事，满意地自言自语道："好小子，工作的事情落实得这么好，一定要把家庭也经营好才行！"他见派出所院子的大门的左半页没有全开，又返回去打开它。

正当他转身抬头的时候，整个大楼忽然响起一阵音乐声——当当当当，当当当当……贝多芬的第三交响曲，英雄交响曲，办公楼的大门突然洞开，原来同事们早来了——

"热烈欢迎我们的英雄伤愈归队！"陈仲宝说完，大家在音乐声的伴奏下拥向刘国松。他们是自己日思夜想的战友们，派出所所长李建星走上前一把握住刘国松的手，说："老刘，完全好了？你给我们争光啦！敬礼！"跟在他身后的副所长刘恩洪、陈仲宝等一帮民警全部向他举手行礼。刘国松眼里含着泪花，说："谢谢。谢谢你们。"然后，他走向队伍，把李建星、刘恩洪、陈仲宝和其他民警的手缓缓地扶下来，说，"同志们，我只是做了一个公安民警应做的事。我们之中谁遇到那种情况都会毫不犹豫地冲上去的。感谢你们对我的厚爱。"

大家对刘国松的讲话报以热烈的掌声！

李建星从队伍的后边拉着一个中年人走到刘国松的前面，说："老刘，还认识他吗？"

"这不是技工学校的老师吗？"刘国松一眼就认了出来，赶紧握着中年人的手说，"谢谢，太有心了。"

中年人说："今天我是代表我们技工学校篮球队来的，我们队员听说刘教导员追捕犯罪嫌疑人负伤住院今天伤愈上班，就让我来看看。一来表示慰问，二来看刘教导员什么时候完全康复，再同我们技工学校篮球队打一场比赛！"中年人说完，又转身低声对刘国松说："上次谢谢你给我们学校帮忙解大围！"

中年男人所提的"解大围"原来是这样的——

2018年5月的一天,清远市高新区清远市技工学校。下午,学校篮球场内,一场学生自发组织的篮球比赛正在紧张地进行,红蓝两队男女啦啦队员在场边不停给自己队伍加油鼓气。双方旗鼓相当,小伙子们血气方刚,双方队员小动作不断,场上弥漫着一股浓浓的火药味。

哔——

蓝队黑壮个子对红队高个子主力队员犯规,裁判的哨子及时吹响。红队获罚球,高个子站到罚球线,两罚皆中。蓝队发端线球,但是,蓝队队员却聚在对方端线篮框下,嘀嘀咕咕起来……

这一边技工学校学生篮球比赛进行得如火如荼,与它一墙之隔的百加派出所里波澜不起,教导员刘国松正组织全所民警学习如何贯彻中央"八项规定"、公安部"三项纪律"和公安机关人民警察纪律条令等有关规定。

随着社会发展,警察队伍不可避免地会出现一些新情况、新问题。刘国松长期从事基层思想工作,深谙抓好民警思想政治工作的重要性。他深信这一点:能不能干是能力问题,想不想干是态度问题,态度决定一切,细节决定成败。所以一个人只有思想觉悟提高了,态度端正了,才能激发他的工作热情。刘国松用民警们容易学懂、容易接受的手段和方式,耐心细致地做好教育疏导工作,促进了派出所社区各项工作和队伍建设的良性发展。从担任百加派出所教导员起,刘国松在党建工作中,坚持注重抓小事、抓细节,坚持严格教育、严格管理、严格监督,开展联系群众、巡逻防范、治安管理、信息收集和服务群众等工作,以社区为家,做群众所需,融洽警民关系,做好社区管家。

"社区警务,就是充分掌握社情民意,熟悉社区户情,对来访群众要做到有笑脸、有回答,营造和谐氛围,尽可能让群众满意,只有这样,我们才算达到了目的。群众说,派出所就是社区管家。我看这话很对,大家认为是不是?"

一位平时不怎么守"规矩"但工作不怕辛苦的辅警笑对刘国松:"刘教,你说的道理都能懂,可就是遇上个别不讲理的群众就懒得和他说,觉得有道理也说不清了。"

辅警的话引起一阵笑声,会场很轻松,刘国松也笑。

"群众大多是讲道理的,这个需要我们有耐心,耐心到了,道理也就自然通了。"刘国松继续对辅警说道,"其实我们除了穿一身警察制服,和寻常百姓没啥两样。不同的是,我们要不断学习,不断提高。群众看我们是看我们为他们服务的态度,需要的是我们的诚恳,做到这两点,再不讲理的人也就和你讲理了。"

"嗯,好像是这样。"辅警开始有点感悟了。

"所以,我们是不是要经常学习和提高?"

刘国松因势利导。

辅警还要发问,电话铃声响起,副所长刘恩洪拿起接听。

"你有地方说道理了。"刘恩洪先对辅警笑笑,然后对刘国松,"是技工学校,两拨学生,打球发生争执,打球变成打架。"

刘国松听罢,拿起帽子,喊了5位民警:"欧振杰、梁二广,还有你、你、你,你们几个跟我去,其余人,由刘副所长主持继续学习。"

刘国松率几名队员离开派出所向技工学校出发。

技工学校,篮球场,裁判一声哨响,蓝队犯规,红队发边线球。红队高个子队员背对篮框接到队友传球,正要动用背打跳投得分,防守他的蓝方粗壮队员趁高个子转身的一瞬间,用肘子暗中往高个子肋部击打，高个子负痛，表情痛苦，捂住肋部蹲在地上。场外两边啦啦队员们不禁发出惊呼，红队这边发出一阵嘘声。

粗壮个子这个动作刹那间引爆了本就已经噬噬冒出火苗的红队队员的怒火。红队5号队员疾冲上前，腾空飞身，朝蓝队粗壮个子队员侧踢了一脚，把粗壮个子踹倒在地；蓝队几名队员也一拥而上，围踢红队5号队员。红队队员哪甘示弱，冲上前去混战一堆；场下红、蓝两队队员也一拥入场，加入团战。场外教师见状，拥入场内拉劝。女生的尖叫，男生的怒骂，教师的劝解，场内的斗殴，场外的追逐，一时间全都混在一起。

正闹得不可开交之时，刘国松率队员赶到。学校老师、同学、红蓝两队队员一见是百加派出所民警，都慢慢冷静下来——刘国松和技工学校的师生们本来就相当熟悉，而且，派出所还经常和学校师生篮球队开展篮球比赛呢，早已经是老相识了。

刘国松和队员没费多大劲儿，事态便慢慢得到控制。学校领导和老师十分感激，邀请他进行政办公室喝杯茶。刘国松谢绝了他们的好意，没进学校办公室，而是在球场上为轻伤队员处理伤口。

由于是老相识且是场上比赛对手，刘国松也没跟学生们讲什么大道理，他把两队学生集中起来，围成一个圈，他站在中间。

"年轻人，火气盛，是好事。"他不无调侃地说，走到红队5号队员跟前，拿出纸巾替他擦净嘴角上的血迹，"看看，你们是比赛篮球还是比赛拳头？"

他笑眯眯道："我要像你们这样年轻，一个人肯定要干翻好几个。"

同学们被逗笑了。

刘国松接着说："我有个建议，你们能听？"见学生们没有吭声，刘国松卖了个关子，"大家不乐意的话，我不说啦！"

"你说呗。"队伍中有人低声说。

刘国松说:"好,我说。百加派出所和你们赛过几场球赛,都没能定输赢,下周末,派出所组队和你们打一场友谊赛,前提是你们两队得混合组队,敢不敢干?"

刘国松用眼神询问,环视仍旧满头是汗的学生。红、蓝两队队员相互瞧向对方,不吱声。

"怎么,心虚,不敢应战?"刘国松朝欧振杰笑了笑,他可是派出所篮球队的主力队员。

"打就打。"蓝队高个子队员说,但声调不高。

"你呢?"刘国松走到粗壮个子队员面前。

"他敢我怎么不敢。"粗壮个子队员说道。

"那好,就这么定了。"

刘国松示意欧振杰,说:"我们来的人不够,现在咱们先来一场三对三的比赛,怎样?"

红、蓝两队队员各自看着对方,那意思很明显:打就打。

"没衣服。"欧振杰很明白教导员的意思。

"谁能找几套衣服过来?"刘国松大声说,一旁的教务主任急忙吩咐两名队员去找。

很快,欧振杰把衣服换上,红、蓝两队里的高个子、粗壮个子和5号队员组成一队,对战百加派出所警队。

随着裁判一声哨响,一场很特别的篮球比赛开始……

技工学校学生篮球比赛演变成打架斗殴事件,打架斗殴事件又被刘国松转化为篮球比赛。篮球比赛成了化解矛盾、缓和关系、警民共建的手段——喜欢打篮球的一起切磋球技,不会玩篮球的为场内球员呐喊助威,以篮球运动作为警民关系沟通的桥梁。刘国松经常带领派出所的队员与学校、村委等进行比赛,一来二去,大家都成了朋友，有了纠纷大家可以在打篮球的过程中解决。

时间往前推到2005年11月，早在龙塘派出所的时候，刘国松就运用这个办法成功化解辖内毅力工业园一宗外来工与村民的纠纷事件。那次事件中，因为双方都有不少人曾经参与过派出所组织的篮球赛事，事情发生后，刘国松和队友们赶到球场，稍作调解矛盾就化解了。

中秋节和国庆节紧挨在一起，对一般人来说是"双喜临门"的大好事。刘国松也有难得的好心情，同事们见了他比以前更亲切，领导们见了他也多添了几分关爱，周围的群众见了他更是打心里敬佩……他一方面坦然地接受这一切，另一方面又在心底里告诫自己一定要谦虚，这一次立功只是自己比他人更幸运而已。反正，他要做得跟平常一样：跟平常一样的低调，跟平常一样在早上八点前准时来所里上班，坚持上班后到所长李建星的办公室打个转，坚持查看一下头天的出勤记录和当天的工作安排。他保持这种"中庸"形象的同时，暗下决心：每天坚持学习《习近平谈治国理政》半小时；绝对不同陌生人和生意场上的人一起喝酒；绝对不去卡拉OK等娱乐场所唱歌消费……恰好自己有借口——身体还在恢复中——想必没有这么不识相的人会死拉硬拽自己去干不愿意干的事吧！

他正这么胡思乱想的时候，派出所内勤杨云好朝他打招呼道："刘教，我昨天没有找到你。这是一张购物卡，工会发的，卡里有十斤花生油、二十斤米和一盒广式月饼，要你自己去商店拿。"刘国松接过那张打过工会印章的卡，道了谢回到自己办公室。

刚进办公室，办公台上的电话就响了。他心里想，还没到上班时间呢，谁这么早，难道是推销保险产品的或者理财产品的？

难道又是报案的？但是，他尽量保持平常的姿态和速度把电话拿起来："喂，你好。百加派出所。"

"刘教，你好！我是分局政工室的赖小梅，我想同你商量件事！"电话是分局政工室小赖打来的。

刘国松瞄了一眼墙上的石英钟刚好是八点，还差半小时上班呢——真应了那句古诗"莫道君行早，更有早行人"。

"没问题，你请讲。"刘国松回答。

"你身体还吃得消吗？"赖小梅问道。

"早就恢复了，哪还有什么吃不消的。"刘国松说完"嘭嘭"擂了两下胸脯。

"那我同你说啦。分局党委决定去慰问历年来牺牲的烈士家属，你们派出所有一位叫姚苏雄的烈士，家属在英德。政委要我问你身体状况，如果好的话，我们一块去。"赖小梅很客气地说。

"我也正想向分局领导汇报这件事。想不到领导想得这么周到，我肯定得去。请转告陈政委，我的身体早好了。"刘国松语气稍稍提高了一点，"什么时候出发？"

"等一会儿我就来接你！"赖小梅说完把电话挂了。

刘国松还拿着电话在发愣：与姚苏雄比起来自己是多幸运呀！如果姚苏雄还在世的话年纪也应该同自己差不多，可惜他已经牺牲十年了。

派出所院子外传来了小车的鸣笛声，刘国松慌忙放好电话往门外走，走到门边回头同杨云好说："请转告李所，我随分局政工室赖副主任去英德慰问烈士家属去了。"

赖小梅已经走下车，帮他开了车门，说："你坐副驾驶位吧，平稳些！"

"我真的没事啦。"刘国松一边说一边钻进了副驾驶位随车出发去英德。

一路上，刘国松同赖小梅谈了些工作方面的事。

"赖主任怎么这么早呢？我还认为是推销保险的呢。"刘国松半开玩笑地说。

"太忙了。"赖小梅打开化妆盒对着镜子理了理凌乱的头发，说，"老主任刘桂才已经退休了。政工室又没有增加编制，天天忙得连轴转。今天要慰问好几个地方呢，不早点不行啊！"

说起政工室老主任刘桂才，刘国松也按捺不住内心的赞叹。刚参加工作那会儿，自己还只是个懵懂少年，也不懂得什么理想和人生，只知道从此有了个饭碗，可以不受人欺负，可以当英雄，是刘桂才给自己耐心地讲解了许多人生的大道理和处世的小方略，才使自己少走了许多弯路。他朝赖小梅看了一眼，心里充满感慨：那时候刘桂才和我不正好像现在的我和赖小梅？人生苦短。看来，人生的每一个阶段都要好好把握，有所作为。想到这里他心里对刘桂才充满感激和感恩。听说自己这次负伤住院，即将退休的刘桂才和陈军、刘润彩等人守候在重症室门口，一直等到医生说脱离危险才离开……从英德慰问回来千万得记住给刘桂才打个电话，问个好，让他知道小弟刘国松心里还挂念着他。

从清远到英德不足一百公里，单位的公务车不出一小时便到了。

烈士的家属住在安居楼，来开门的是他的母亲。老人很热情地将刘国松一行人引到客厅，烈士八十多岁的老父亲坐在沙发上，看到客人忙伸手拿上茶几旁的拐杖要站起来打招呼，被刘国松和赖小梅劝下。原来老两口都是公安战线的老兵，虽然已到耄耋之年，但是无论是站姿和坐相都有一股难得的英气。说起姚苏雄，老两口不断轻啜。赖小梅赶紧从茶几的纸盒里抽出了几片餐巾纸给老人拭泪，说了一些宽慰的话，老人才抑制住悲伤。

自我介绍完情况，男、女主人都很惊讶，男主人伸手要握刘国松的手，刘国松赶紧站起来伸过手去。他仔细端详了刘国松好一会儿，说："你就是刘国松。好好，好样的。你的事迹我们在报纸上和电视里都看过了。你做了我们公安民警该做的。"刘国松本来想说"这是我们公安民警该做的"这句话，想不到这句话被老人家说了，一时找不出什么更适当的话说，只好"嘿嘿"地笑道："老人家保重身体。有时间带上阿姨上清远玩玩。"一旁的女主人又被勾起了伤心事："我们家姚苏雄就没你好命。"刘国松腾出手来扶着女主人坐下："阿姨，我们都是您的亲儿子。"说完这句话刘国松心里感觉不是滋味，自己一年难得来看老人一次，还谈什么"亲儿子"，今天怎么这么嘴笨呢。幸好旁边的赖小梅岔开了话题："阿姨，你是怎样保养的？头发还那么黑，只有几根白头发。""还不是染的。"——满头银丝的男主人微笑着在一旁代答。女主人责备道："就你多嘴！"

　　其时正好水开了，女主人忙着给客人泡茶。男主人又望了刘国松一眼，笑道："你刚才说什么来着？"

　　刘国松想了想，自己除了说了句不痛不痒的话好像也没说什么，便"哼哼"了两句，想搪塞过去。女主人正好泡好茶端了过来，说："他说要给我们'当亲儿子'。"

　　"噢噢噢，是的。我就是您的亲儿子。"刘国松好像恍然大悟的样子。

　　女主人故意对男主人说："人家那么忙，你还当真了。有他这份心就足够了。"

　　"哪里，我看他就是一个不会说假话的人。"男主人明显是说女主人多嘴，转头对刘国松说："我今天就收下你做干儿子！"

　　"你又疯了！"女主人不满地对男主人说。

"疯什么疯？我又不要他来看我，我收个英雄做干儿子有何不可？脸上贴金呢！"男主人生气地说，"你妇道人家懂什么？"当他看到坐在旁边的赖小梅时，又"嘿嘿"了两句，"你看人家小梅这气质、这风度跟你就不一样！"说得一屋子人全乐了！老人忍不住也笑了起来。

女主人停笑后白了男主人一句："要不是我这个妇道人家，只怕饭都没人给你做了！"

离开的时候，女主人坚持要送到楼下，刘国松和赖小梅劝啥也没用。楼下院子里聚集了许多老人，有的在散步，有的在做操，有的在带孩子，见到他们，女主人高声说："是我们姚苏雄他们单位的领导慰问我们来了！"

刘国松和赖小梅终于明白：老人原来是以这种方式来缅怀儿子。既然如此，他们也就没有多劝老人回去，坐上车徐徐离开了英德……

41 荣誉属于人民

2019年1月15日，清远市公安局为刘国松举行了隆重的一等功授予仪式。参加仪式的有市公安局的领导、清远市公安局和清城分局的部分民警和辅警。当刘国松从市公安局政治处主任谢先清手上接过功章时，他说了一段感人肺腑的话——

我是一个农家子弟，自小没有什么见识。当时报考警察学校想法十分简单——就是能吃饱饭，找一个稳定的工作，安安心心地过好自己的小日子。是我们公安这个大熔炉培养了我、教育了我。她告诉了我怎么做事，她告诉了我怎么做人！如果要让个人过上好日子就必须有一个安定的社会环境，这个社会环境不是天设地造的，而是我们在中国共产党的领导下用自己的双手创造的。这个社会需要我们有担当，需要我们负责任，否则，我们就会像中东一些国家一样陷入烂泥潭。

今天，我取得了小小的一点成绩，党和人民却给了我这么大的荣誉！这个荣誉属于我们的党、我们的人民和我们大家！

他们也是最可爱的人
（代后记）

　　《刘国松和他的战友们》终于完成初稿，高兴之余我作了一首七言律诗《书后》以示纪念：形胜于言见好收，未期传世作长谋。与君共谱英雄卷，恐璞深淤泥石流。机器常磨零件损，身心超负健康休。年过五纪重提笔，风味依然似楚囚。

　　刘国松的事迹经媒体报道后，引起了强烈的社会反响，我们三人也被他的事迹打动，决定合作写一部关于"刘国松"的报告文学作品。最让我们头痛的是没有出版经费。正不知如何是好之际，忽然想起市委常委崔建军同志下基层调研时的话——希望我们的文学艺术家们能沉下心创作反映我们现实题材的作品，多出精品——于是斗胆给他写了一个申请，将我们的计划、内容向他作了简单的汇报。意想不到的是崔建军同志迅速批示文联给予大力支持。市文联党组书记、主席林闻同志刚调入文联不久，看到我们写作热情如此之高当面表态，将在班子会上把我们的计划纳入重要议题。为了让我们的计划尽快付诸实施，文联从自己有限的经费之中先期给我们划拨了部分启动资金。资金划拨后，林闻同志和文联副主席肖进同志还多次电话询问资金到位没有？还有没有其他困难？文联办公室主任何群贤多次与市作协沟通解决相关事宜，并出函市公安局请求给予我们写作和采访的协助。城区方面对我们的写作也十分关心,市委常委、高新区工委书记、清城区委书记何国森同志对此相当重视,指示我们三人要尽心尽快写出好作品。

有了启动资金,我们就紧锣密鼓地开始创作。欧平同志与我详细地议定提纲和采访日程及其他事项,重新修订了我们的分工安排,宁达波也放下了手头正在创作的一个剧本加入到我们的行列之中。

要按质按量完成该书的写作仅有启动资金是不够的,我们就出版经费和采访计划向市公安局领导进行了详细汇报。得到市公安局领导及公安文联的大力支持,市公安局政治处主任谢先清同志还给我们的写作提出了很好的意见和建议。对这次创作的顺利完成最要感谢的是清城区公安分局,他们班子对采访的安排和出版的支持是强有力的。同时,要感谢他们给我们提供了这么多的"素材"。在他们的"荣誉室"里,我们除"幸会"了刘国松外,还"巧遇"了崔伟洪、雷汝周、黄国华、刘国洪等一大群英雄。他们那种拳拳的爱国心和甘为人民大众孺子牛的精神,无从以言语表达。采访过程中,我们遇到了一位从事国安的老民警,她退休了又被返聘回来——她的事迹足可感动任何人,但,面对提问她只是默默摇头。我忽然想起了"楚囚"钟仪的典故,一个戴着楚国的帽子、奏着楚国的音乐、念念不忘祖国的人,这位年过花甲的老大姐不正是这样一位君子吗?"刘国松和他的战友们"是我们三人反复斟酌定下的题目,已经向出版社报送了选题——见到这些民警的时候,我们几乎又要把该书的题目改为初定的"清城卫士"。"清城卫士"虽然俗套了点,但其正是清城区公安分局民警们的真实写照!

谁是最可爱的人?老辈作家魏巍早就作了回答。和平时期除了那些舍生忘死、守土不倦的战士，我们的公安民警反恐除暴、擒凶缉恶的行为也值得我们敬佩。他们真正做到了习近平总书记所说的——不忘初心，牢记使命！

他们是最可爱的人！

最后，感谢清远市委宣传部、市委政法委、市文联、市公安局、市国资委、清城区人民政府、清远市公安局清城分局、清城区文联、市见义勇为基金会等单位的关心，感谢清远市副市长、市公安局党委书记、局长毕洪波同志为本书作序，感谢胡功臣老师题写书名。

再次衷心感谢！

2019年8月26日